徳間文庫

有栖川有栖選 必読！ Selection 8

結婚って何さ

笹沢左保

徳間書店

CONTENTS

MARRIAGE ANYWAY?
WHAT IS
1960

Design：坂野公一（welle design）

Introduction

有栖川有栖

『結婚って何さ』は笹沢左保の第三作目にあたり、デビューした年に東都書房から書き下ろしで刊行された。

著書三百八十冊にも及ぶ笹沢作品には、骨太の本格ミステリもあれば官能サスペンス小説と呼ぶべきものもあるのだが、『――殺人事件』といったものが少なく、タイトルから内容の見当がつかない場合も多い。『結婚って何さ』ときたら、昭和風の軽妙なロマンス小説かと勘違いしそうだ。

実際のところは読みどころが多い本格もので、しかもストーリー展開が小気味よくて、活きのいい魚が跳ねるような勢いを感じさせる作品だ。

この作品について、作者はインタビューに答えて「軽いタッチで、この時代の若い人たちの目をかりて男女関係、しいては結婚というものに批判をしてみたかったのです」とコメントしている。

やっぱり本格ではないじゃないか、と思われたら誤解だ。これに続けて語っていることが興味深いのだけれど、本編を読了後にお読みいただきたいのでIntroductionでは伏せておく。

何せ一九六〇年（昭和三十五年）の作品なので、書き出しが「計算機と算盤《そろばん》の音がピタリととまった」という具合で、いきなり古めかしい。「臨時雇い」「事務員」といった言葉も。「ズベ公」や後の方では「マスクシャン」（シャンはドイツ語の「美しい」からきた俗語で美人を指す）といった死語が続出。

だが、少し読み進んだだけで、作中の場面がするりと現代に置き換えられるのを読者は知る。冒頭のシーンは、パワハラ・セクハラが平気な上司が派遣の女性社員二人に仕事以外のことで文句を並べているのだな、と。

令和になっても大して変わっていないではないか、と嘆息《たんそく》したくなるが、昭和半ばの意識の低さは現在の比ではない。それでも彼女らは、理不尽な仕打ちに耐え忍ぶのを拒む。当時はより強いインパクトがあったに違いない。作中の時代なら〈勝気〉ぐらいしか表現がなかっただろうが、今なら二人の態度は〈ロック〉と表せそうだ。

遠井真弓は、文句があるならやめてしまえと言われて、「辞めます」と返し、一緒に叱られていた疋田三枝子もそれに倣《なら》う。事務所の銅板に唾《つば》を吐きかけた後、明日からどうしよう、とバーを梯子《はしご》して飲みながら話していた彼女らに一人の男が近づき――すぐに怒濤《どとう》の展開となる。

二人は殺人事件に巻き込まれて警察から逃れる羽目になり、何が起きたのかを推理する。手掛かりは、被害者が所持していた一枚の切符（河口湖↓東京都区内）と一枚の名刺だけ。河口湖に行けば手掛かりが見つかるかもしれない。というのが第一章で、「えっ」と驚く場面があるのだが、これからお読みになる方のために明かせない。

この滑り出しは、ウィリアム・アイリッシュの名作サスペンス『暁の死線』を連想させる。同作では、知り合ったばかりの若い男女が殺人犯の濡れ衣を着せられる前に真犯人を見つけるべく、現場に残されていたボタンやブックマッチを頼りに夜通し奔走《ほんそう》する。朝一番のバスで故郷に帰りたい二人にとって、時間の猶予《ゆうよ》は五時間もなかった。

わずかな手掛かりを頼りに、という点では似ているが、タイムリミットがないだけまし——というのでもない。作者は、ロックな真弓に過酷な状況を背負わせている。

他殺死体を発見した二人が警察に通報しないのは、現場が密室だったからだ。鍵の掛かった一室で事件が起こり、彼女らだけが室内にいたとなれば、疑われるのは必至《ひっし》。だから逃げたのだが、犯人は何者でどうやって犯行に及んだのか？　はい、本格らしくなってきました。

真弓は、さらにいくつもの疑惑の死を知ることになるのだが、調べるほどに誰が犯人やら判らなくなる。誰が犯人であっても、アリバイの壁が立ちはだかるのだ。ますます本格ですね。

1960年　初刊　東都書房

結婚って何さ

WHAT IS MARRIAGE ANYWAY?

第一章　その夜の男

1

計算機と算盤《そろばん》の音がピタリととまった。

臨時雇いの二十名の女の顔が、一斉に遠井《とおい》真弓《まゆみ》と疋田《ひきた》三枝子《みえこ》に向けられた。計算係には男子社員は一人もいなかった。

事務室はひっそりと静まった。車のホーンだけが、この七階の窓へ舞い上ってくる。急に人の呼吸がせわしく聞こえ始めた。

「スラックス姿は遠慮するように、と昨日も指示したばかりだろう」

係長は仁王立ちだった。真弓と三枝子を等分に見て顎《あご》を振った。

真弓は、それが映画で見た陸軍の下士官の態度に似ていると思った。

「君達、どうして今日もスラックスで来たんだ。うん？」

最後の『うん？』と語尾を上げた調子が、今年の夏鎌倉《かまくら》の海岸で説諭《せつゆ》を喰《くら》った時の警官とそっくりであった。

真弓は、鼻毛がのぞいている係長を見上げて、それに映画の下士官や鎌倉の警官をダブらせてみた。

「君達二人は普段の品行でも評判が悪い。言葉つきも態度も、それに服装もだ。男子社員を誘ってバーで酒を奢《おご》らせたり、まるでズベ公じゃないか」

彼は、自分の権威を誇示しているようだった。臨時事務員の注視の中で、二人に説教するのが楽しそうである。

《どうしてスラックスがいけないんだ》

真弓は唇《くちびる》を噛《か》みしめた。

品が悪いという名目だった。だが、品のいい悪いは誰がどんな規準と感覚で決めるのか、真弓には分らなかった。

「君は幾つになった？」

定《きま》りきったことを訊《き》きやがる、と思いながら真弓は答えた。

「二十《はたち》です」

「もう少し大人になれば、そういう指示の必要性が分る」

もっともらしい顔で係長は頷《うなず》いた。

《違うわ！　社員の服装が華やかだ、管理者として監督不行届きと思われるって、妙な先入感があるんだ。誤魔化《ごまか》しが理解出来れば大人になったってわけさ》

噛んでいる唇の痛みが、係長に対する敵意となった。彼の顔と、下士官や警官のそれが完全に重なった。

「何だ、その顔は！」

彼は威丈高《いたけだか》になった。反抗的な真弓の眼に、腹を立てたのだろう。

「社の方針が不満なら、臨時雇いだ、さっさと辞《や》め給え」

「辞めます。着たいものは着たいから」

真弓はすっと立ち上った。係長に憎しみを感じていた。

計算機や算盤の音が、今度は一斉に聞こえ始めた。二十人の臨時事務員は、まるで宿題を忘れてきた生徒が先生の視線に怯《おび》えるように、俯向《うつむ》いたままひっそりと仕事を続けている。

真弓は、そんな同僚達を寂しく思った。真弓のようにカッとなる方が馬鹿げているのかも知れなかったが、同僚達も同じ不満を持っているのだ。その胸につかえているものを一言も口に出さずに、さも仕事に熱中しているように装《よそお》っている同僚達が、何か醜《みにく》い人間のように感じられた。

臨時雇いが辞めるとなれば簡単である。真弓は、自分の私物だけを整理すると、誰に挨拶《あい》《さつ》するわけでもなし、一人さっさと事務室を出た。

エレベーターで一階まで降りる。ビルの入口を出ると、西の空が地球最後の日のように異様に赤い。林立するビルの壁に映える斜陽の寝呆《ねぼ》けた明るさと、ビルの影で道路が夜のように暗いのが対照的だった。

「真弓――」

と、声をかけられて、振り向くと三枝子であった。事務服ではなく、真弓とお揃いの白いレインコート地のハーフコートを着ている。

「どうしたの?」

「あたしも辞めて来ちゃった」

と、三枝子は照れたように笑った。

「何もそこまで、あたしにつき合う必要はないのよ」

「ううん違うわ。あたしも真弓と同じ気持さ」

「無理してんじゃないの? お三枝」

「あたしの意志よ。第一、あたしもスラックスで来てるんだもの……」

三枝子は舌を出して、自分の腰のあたりを叩《たた》いてみせた。真弓も微笑した。たった一人の友達が、真弓を追って社を辞めて来てくれたのが嬉《うれ》しかった。

ビルの入口には、ビル内にある会社名や事務所名を刻んだ銅板が、ズラリと貼《は》りつけてある。真弓は、その中の『万里《ばんり》石油東京支社』とある銅板めがけて、ペッと唾《つば》を吐きつけた。

「勝手にしやがれだわ」

「それが会社への挨拶？」

三枝子が男のように肩をゆすって笑った。

「本当はひっぱがしてやりたいんだけど、唾だけで勘弁《かんべん》してやるわ」

「そんなに腹が立つ？」

「会社は辞めたくないさ。臨時事務員でも多勢の中から試験で選ばれて獲得した職だものね。でも、わたしはあの係長が殺してやりたい程憎いんだ」

「へえ……何か裏話があるの？」

「大ありのコンコンチキよ」

二人は、八重洲《やえす》口から銀座《ぎんざ》へ向かって、ゆっくり歩いた。夕刻のラッシュアワーが間近かった。車の交錯《こうさく》が激しく、人の往来は、近くに建設中のビルの鋲《びょう》打ちの音にせかされるように、慌《あわ》ただしくなっていた。

「でも、辞めてサバサバしたわ」

真弓は思いっきり両腕をのばした。バッグがすれ違った男の肩にぶつかって、クルリと回った。

「だけど、何だか心細いな」

三枝子が爪を噛みながら呟《つぶや》いた。

「明日から無収入だもン。家《うち》じゃあ遊んでいる娘にまで小遣いはくれないし」

「あたしは当分、兄貴に喰べさして貰わなきゃ……」

「ナイトクラブかバーで働こうかな」

「二人で、そうしようか?」

「でも、家《うち》で何って言うかな」

「頓馬《とんま》! 自分の力で働くんだ、お金がいるから職業を持つんじゃないか。とやかく言う権利は誰にもないわ」

「意気地《いくじ》なし、何も抵抗を感じないの、自分に忠実になれないの、自分を殺してまで妥協するの、そんなにいい子でいたいの——って言いたいんでしょ? 真弓の口癖ね」

「よくまあ喋《しゃべ》るな。それで、お三枝は口が下手だって言うんだから――」

　真弓はふと力なくそう言った。歩いているうちに、興奮からさめた後の空虚な疲れと、職を失った侘《わび》しさが、襲って来たのである。

　三枝子も同じ気持だった。考えてみると、今夜これから何処《どこ》へ行く、という当てさえなかった。このままそれぞれの家へ帰る気にはなれない。今の二人は、互いに別れたくなかった。自分と同じ穴に落ちこんだ相手と別れると、ひどく孤独になりそうなのである。

「飲んじゃおうか？」

　という真弓の言葉に、三枝子はホッとしたように顔を輝かせた。

「うん、大賛成！」

「お三枝、幾ら持ってる？」

「千五百円……ぐらいかな」

「あたし三千円持ってるんだ。二人合わせて四千五百円！　足りるわね？」

「安い所へ行ってさ、量で満足しようよ。滅茶苦茶に酔ってみたいんだ」

「よし、新橋《しんばし》だ」

　二人は手を取り合って、駈けるように足を早めた。足が俄《にわ》かに軽くなったようだった。酔う、と想像しただけで気が楽になった。会社を辞めたという憂鬱《ゆううつ》も二人の念頭から薄れて行った。

靄《もや》がかった秋の夕闇に、輝きを増したネオンや灯が、直面している現実からは、二人を引き離し、そのくせ、生きている実感を肌に感じさせた。

2

大衆酒場を二軒飲み歩き、三軒目にバー『ポニー』へ来た時には、真弓も三枝子もしたたか酔っぱらっていた。

飲み馴れた者同士なら、一方が泥酔すれば片方が醒《さ》める、というふうにバランスが自然にとれるのだが、二人の場合にはそれがなかった。馭者《ぎょしゃ》のいない二頭の馬である。互いの腕に縋《すが》りながら、互いの腰が邪魔になってよろけた。

狭い階段をやっとの事で上《のぼ》りきり、二人は窓際のボックスへ重なり合って雪崩《なだ》れ込んだ。客はかなり多かった。その半数が、二人のしどけない恰好《かっこう》を見てヘラヘラと相好を崩し、ごく一部の客が眉をひそめた。

ボーイが注文を訊きに来た。若い女の酔っぱらいも珍しくないと見えて、無表情であった。

「ハイボールよ、どんどん持って来て」

真弓が呂律《ろれつ》の回らない舌でそう言うと、周囲のボックスから忍び笑いが洩《も》れた。

「何さ、あたし達は飲みたいから飲んで、酔いたいから酔ったのさ。何が可笑《おか》しいのよ」

三枝子が、顔に被いかぶさる髪の毛をはね上げながら喚《わめ》いた。

二人は揃って豊かな肢体であった。ボタンをはずして開いたハーフコートの奥に、せわしく息づく胸の円味が見えている。組んだ長目の脚の、腿《もも》のあたりはムッチリと肉づきがよく、触れても弾《はじ》かれてしまいそうだった。この二人の若い娘の、開放的で崩れた魅力に、眼を細めていた男も、三枝子の凄い剣幕に慌てて顔をそらした。

「あの係長さ……」

間もなく、黒い壁と灰明《ほの》るい光線だけが彼女達を見守るようになった時、真弓が言った。

「一昨日《おととい》、あたしを口説《くど》いたんだ」

「へえ、何だって？」

「僕はまだ三十五だ、女房とは見合結婚で、いわば失敗だった。もう一度恋をしてみたい。君が本気になるなら僕も離婚を考える、君と結婚して人生を出なおしたい……へん」

「そんな事言ったの？　あの顔で？」

「そして、あたしの肩に手をかけやがんの」

「それで真弓はどうした?」

「あたし言ってやったんだ。そんな古い口説き文句は、今の若い娘には通じないわ。何故君と一緒に寝たい、って率直に言わないの――」

「そうしたら?」

「慌てたわよ。鼻の下かなんか矢鱈《やたら》にこすっちゃってさ、今の若い娘は男女関係をそんなふうにしか見ない、だってさ。笑わせやがんの。どうしてああ、何から何まで誤魔化すんだろうね」

「それで今日、あんな事で文句をつけたのか……?」

「まるで江戸《えど》時代の悪代官さ、古いねえ。だからあたしも、今日はムカッと来たんだ。もっともらしい顔しやがって……」

「あの時、口説いたって事をぶちまけてやれば痛快だったのに」

「窓から投身自殺でもされたら、寝覚めが悪いもの。どうせ死んだも同じような人間だと思って我慢したのさ」

「そうね、あの会社の連中の顔と来たら、生きている人間の顔じゃないね、真弓」

「自分を騙《だま》し騙し、そっと生きて行こうとすると、ああいう顔になるんだわ」

と、真弓は面倒臭そうにポテトチップを前歯で噛んだ。

「要するに、適当に生きる、ってのが、あたしは気に喰わないな」

三枝子は、満足そうに喉を鳴らしてハイボールを呷《あお》った。

その時である。眼の前の闇が動いて、

「全く同感だ」

と、声がした。その声は低く澱《よど》んでいた。それとともに、影がむっくりと起き上って、テーブルの向こうに黒いものが形造られた。右の眼に眼帯をかけた黒い背広の男だった。

素面《しらふ》の時であれば、二人は腰を浮かしたかも知れない。だがアルコールが二人を鈍感にしていた。何か声をかけられても、それが当然のような気持だった。また、男の出現が不意であっただけに、未知の人と知り合うスリルが新鮮であった。酔っている時に仲間が出来る事は、意味もなく漠然とした期待を抱かせる。二人だけの対話に少々退屈を感じ始めていた真弓と三枝子は、朦朧《もうろう》とした酔眼を見開いて、男を瞶《みつ》めた。

「今まで、ここで眠っていたんだ」

男は馴れ馴れしい口をきいた。

「酔っぱらい？」

真弓もつい釣り込まれて、心安く訊いた。

「酔っちゃあいないさ。ただ眠いから眠ったんだ。あんた達の流儀と同じさ」

「断然気に入った！」

三枝子が素っ頓狂《すっとんきょう》な声を出した。

「気に入ったら、これから一緒に飲もうか」

「でも、あたし達もう軍資金が心細いんだ」

「金ならある。渡しておくからこれで賄《まかな》ってくれ」

男は無造作《むぞうさ》にポケットから、二つに折った札を取り出して、真弓の前に置いた。二人は驚いてテーブルに眼を近づけた。酔っていても、それが一万円札で、しかも五、六枚はあるぐらいの見当はついたからである。

「凄いじゃないの」

「あんた、どんな商売している人？」

二人は殆《ほとん》ど同時に言った。男は頭をボックスの背にもたせて、不機嫌そうに答えた。

「そんな事はどうでもいいさ」

「あたし達は今日から無職！」

「そうか。俺も無職になったばかりさ」

「前の職業って何？」

「昨日まで郵便局員だ」

「郵便局員？」

「俺も実は、適当に生きるってやつが厭《いや》になってね。局を辞めたのさ」

「それならこれ、退職金じゃない？　無駄使いしちゃあ気の毒みたい」

「金は金、どんな金でも同じものだ。そんな事より、景気よく飲みたいものを片っ端から注文しろよ」

男は拳《こぶし》でドンとテーブルを叩いた。それは酔った二人を、陽気な時間へスタートさせる号砲であった。

「でもさあ……これだけ大金があるならさ、もっと豪勢な店へ行って騒ぎたいな」

と、三枝子が片方の掌《て》に顎をのせた。

「いや、ここでいい……」

男は物憂《ものう》く答えた。

「俺はあんまり、動きたくないんだ」

「いいわ、今夜は量でいってグデングデンになる計画だったんだから」

三枝子は首をねじ曲げると、大声でボーイを呼んだ。

「マンハッタン！　切れ目ないように、どんどん作って来て」

それから約二時間、真弓達の席とカウンターの間を、三箇のカクテルグラスが往復し続けた。彼女達はもう、カクテルの味覚を吟味していなかった。一息に呷って、その液体を胃袋へ流し込むだけであった。酒を飲む限界はとっくに越えている。一種の『無』に近い狂宴であった。酔いが酔いの上塗りをして、音量を高めたレコードのロカビリーの旋律が、それを掻《か》き立てた。真弓が床を踏み鳴らして足拍子をとると、三枝子は麻痺《まひ》した両手で、不正確なテンポでテーブルを叩いた。

「もう店を閉めますから——」

と、ボーイが告げに来た。

「もっと、飲むんだ」

真弓はそう言おうとしたが、舌がもつれて喋《しゃべ》れなかった。三枝子は真弓の肩に寄りかかって、わけの分らない鼻唄をひねり出していた。男も、倒れたグラスから流れ出たカクテルの中へ顔を伏せたまま動かなかった。

「会計だってさ、行くわよ」

真弓は男の背をゆすった。そして、骨抜きのように首をガクガクさせながら勘定をすませた。男が寄越《よこ》した札は、自由の利かない指先でバッグをこじあけ、乱暴に中へ押し込んだ。

「お金、預かっておくよ。余ったら別れ際《ぎわ》に返すからね」

「ああ……」

男は興味なさそうに頷いて立ち上った。店の中の電灯は殆ど消えていた。男の軀《からだ》の輪郭《りんかく》は、背後の闇に溶け込んではっきりしなかったが、何かに縋《すが》っていないと直立出来ない様子であった。

三人は男を中心に肩を組んで階段を降りた。外へ出ると、強目の風が火照《ほて》った軀を心地よく包んだ。紙屑や枯葉が鋪道《ほどう》を滑《すべ》って来て、三人の足許にじゃれるように絡《から》まった。

「あんた達、これからどうするんだ？」

道一杯を左右に引きつ引かれつ歩きながら男が言った。

「もう十二時半だなア」

と、真弓はあたりを見回した。ネオンの点滅も間引きしたように数少ない。商店はとっくにシャッターを下して、暗い歩道に人影もめっきり減っている。ガードの上を通過する国電には、終電間近らしくギッシリと人が詰まっていた。

「お三枝、どうする？　車で帰るか」

「帰るもんか、一晩中飲み歩くんだ。世界の果てまで行っちゃうんだ。もうあたし、家出するんだもン」

三枝子は唄うように答えた。向かい風を受けて、前こごみになった三枝子の長い赤毛が吹き流しのようになびいた。

「二対一で恰好悪いけど、何処かへ泊るか……？」

男がそう言った。

知り合ったばかりの男と一緒に泊るより、このまま家へ帰った方が無難ではないか――と、そんな気もしたが、一瞬の心の葛藤《かっとう》で、酔いが刺戟《しげき》への誘惑に軍配を上げた。真弓はどうにかなるさ、と微《かす》かに残る不安を無理に抑《おさ》えた。

「じゃあ泊ろう。二対一の方が変っていて面白いわ」

ふと、捨て鉢な気持の余韻が溜め息となって洩れた。

「知っている旅館がある。案内しよう」

男は、誰に言うともなく呟いて、通りかかったタクシーを停めた。

白っぽい野良犬が、地面に鼻をすりつけながら、車道を横切って行った。

3

『結城荘《ゆうきそう》別館』は、代々木《よよぎ》と原宿《はらじゅく》の中間にあるホテル風の旅館であった。

国電沿いの道から右へ折れると、そこはもう門の中で、門から玄関まで続いた砂利《じゃり》道の両側には、こんもりとした常緑樹の繁みがあり、人眼を忍ぶ連れ込みには好都合に出来ていた。

玄関の前には人工池があり、トロンとした水の上に、幅三メートルばかりのコンクリートの橋が渡してあった。

男が玄関の扉を足で押しあけた。中は、カウンターに水色のシェイドのスタンドが一つあるだけで、暗かった。客の中には、旅館の者に顔を見られるのも厭《いと》う女がいるから、それに対する配慮であった。

「いらっしゃいませ」

迎えに出て来た女中は、三人揃って足許の定まらない客を見て、迷惑そうな顔をした。

「三人様一つお部屋でよろしいんですか？」

「当り前だ。電話で頼んでおいたろう。離れの紫へ頼む」

男は、旅館に着いて急に酔いが回ったらしかった。ガックリと項垂《うなだ》れた頭を振って、噛みつくように、そう怒鳴った。

「はあはあ。ではどうぞ」

女中はサンダルをつっかけると、たたきを左斜に突っ切って、カウンターの脇にあるドアを開いた。

そのドアから出ると再び屋外であった。ここにも自然石を配置した大きな池があり、池の縁伝《ふちづた》いに、飛び石が闇の中へ続いていた。

庭園は相当に広かった。適当な間隔をおいて、ところどころに樹木に囲まれた離れ家がある。水銀灯の光線が、木の葉の緑を絵具のそれのように浮き上らせていた。

先に立った女中は、チョロチョロと水音をたてている噴水の前で足をとめた。その離れの入口には、草書で『紫』と書いた木札が下っていた。

入口のドアは、普通の家の玄関と変りない頑丈《がんじょう》な造りであった。離れの利用者同士の盗難を防止する為である。ドアを開くと、すぐ沓脱《くつぬ》ぎであった。左手に部屋へ通ずる扉があり、右側はトイレと湯殿だった。

部屋は洋間だった。男は部屋へ入るなり、背広を脱いでソファに倒れ込んだ。真弓と三枝子は向かい合った肘掛椅子に、腰を抜かしたように坐った。

「あの、お風呂は栓をひねって頂けば、お湯が出ますから。それから、何か召し上りものをお持ちしますか?」

三人分の靴を両手にぶらさげた女中が、沓脱ぎのところで言った。

「何か、飲むもの頼めよ」

と、男がソファで寝返りをうった。

「ビールがいい。五本ばかり持って来て」

眼を閉じていた三枝子が、野放図《のほうず》な声を上げた。女中は無愛想に頭を下げて、出て行った。そのサンダルの足音が消えるのを待って、三枝子はおぼつかない腰つきで立ち上った。

「凄げえ離れだなア」

彼女は泳ぐように歩き始めた。

三坪の洋間には、分厚いカーペットが一杯に敷きつめられている。ソファと肘掛椅子が二脚、それに金属管を組み立てた三角形のテーブルがあった。部屋の一隅には、テレビと電話が並んでいる。

部屋の奥のドアを開くと、寝室であった。右側にはダブルベッドがどっしりと沈黙し、左側には洋服ダンスと床の間ふうの棚があった。ただ、壁にかかっている一輪挿の花が、枯れて茶褐色に変色しているのが、この離れの豪華さにそぐわない風情であった。

ビールを運んで来た女中は、テーブルの上に鍵《かぎ》を置いて、

「入口の戸締りだけは厳重にお願いします」

と、二度三度繰り返してから引き取って行った。

「あんた、名前は?」

ビールの栓を抜きながら、真弓が男に訊いた。

「俺か？　……森川《もりかわ》っていうんだ」

男は表情を動かさなかった。深海のようなグリーンの光線を投げかける天井の蛍光灯《けいこうとう》に、男の顔は死人のように硬直《こうちょく》して見えていた。

「あんた、何か悪い事したんじゃない？　そんな感じだな」

「そう見えるか。それでもいいさ。事実そうかも知れないからな」

男の言葉には抑揚《よくよう》がなかった。それが何か虚無的な感じであった。

「何をやったの？　まさか人殺しじゃないでしょうね」

「新聞を読めば分るさ」

「新聞に出るような事したの？」

「さあねえ……」

男は曖昧《あいまい》に言葉を濁して、ふっと自嘲的に唇を歪《ゆが》めた。

「そんな事を訊いて、どうするつもりだ？」

「別に。訊いただけさ。あんたがあんまり乾いた感じだからさ」

「違う、この人は残酷な感じよ！」

突然、三枝子が口を出して、ビールを捧げ持ったままケラケラと笑った。

「つまらない詮索《せんさく》はやめて、どうせ今夜限りだ、愉快に過そうぜ」

「今夜限り？」

「そうさ」

「へえ……。悪い事やらかして、遊んで、明日には死のうっていうの。案外弱いんだな。死ななきゃならないいんなら、最初からおとなしくしてればいいのに」

「風呂へでも入って来いよ」

男は、真弓の饒舌《じょうぜつ》を封ずるように言って、脱いだ背広の上着を、顔から胸へかけてすっぽりとかぶってしまった。

「一風呂浴びようか」

三枝子がコップをテーブルの上に置いた。

「こんな酔っぱらって入ったら、心臓麻痺《まひ》でぶっ倒れるわよ」

「裸で死ぬなんてショックね。でもさ、泊ったからには、何もかも利用しなけりゃ損だもの」

「それもそうだな」

二人は浴衣《ゆかた》を手にして部屋を出た。沓脱ぎの前の、細い渡り廊下を通り抜けると、湯殿であった。

湯舟は小さかった。二人つかれば身動きも出来ない鍵穴のような形だった。栓をひねると、太い湯の直線が湯気に包まれて落下し始めた。

「刺戟されるな。やっぱり男の子と二人っきりで来るべきだわ」

と、三枝子はピンク色の総タイル張りを見回した。そのピンクが湯気にぼかされると、一層艶《なまめか》しい感じだった。

「一人前の口きくな。そんな経験もないくせに」

「機会がなかっただけさ。なんなら今夜、あの彼氏頂いちゃおうか」

「どうぞ」

「寝室はあたし達が使うからね」

「馬鹿、あんた本気なの？」

「何だか寂しいんだ」

「年頃だもの」

「ねえ、結婚っていいものなのかな？」

「さあ、誰もがしたがる事だから、いいものなんだろ」

二人は無駄口をたたきながら、背中を流し合った。しかし、手は思うように動かなかった。手拭《てぬぐ》いは満足に肌を滑らないで、幾度も足許のタイルを叩いた。

三十分程して二人は風呂から上った。

躯の芯《しん》にあった酔いが、残らず表面に浮き上ってきたような気分だった。のりのきいた浴衣を身につけると、乳首がくすぐったかった。

部屋へ戻ると、男はソファで寝ていた。寝室から持ち出したらしい一枚の毛布を、鼻の下あたりまでかぶっている。

「ちぇッ、眠っちゃったの」

三枝子が不服そうに口を尖《とが》らした。まだ騒ぎ足りないような気がするし、ビールも残っている。それに、これから男が二人に対してどんな行動に出るか、スリルめいた期待があったのだ。

「ねえ、起きないか？」

三枝子は男の肩を軽くゆすった。

「お三枝、よしなよ！」

真弓が三枝子を制した。酔った三枝子の漠然とした寂しさも、異性に接していたいという気持も真弓は同感だった。だが、男を起してしまうと面倒だという彼女自身の疲労の方が強かった。

「あたし達も眠ろうよ」

男が脱《ぬ》ぎ散らかした背広の上着やネクタイを拾い上げて、真弓は言った。

「真弓も案外、保守的なんだな」

と、三枝子は男の傍を離れた。

「二対一じゃ、どうせ徹底しないもン」

そう言いながら、真弓は離れの入口へ行ってドアの鍵をかけた。三枝子がビールの残りを寝室へ運んでいるらしい音が聞こえた。

寝室のベッドは広々として、スプリングがよくきいていた。冷たい敷布の上に軀を投げ出すと、酔いと湯上りの気だるさが、意識を一本の筒の中へ吸い込むようであった。

真弓は、床へ放り出した衣服を整理する気力もなく、瞼《まぶた》を閉じた。

「ねえ、あれ悩ましくない？　ある場面を想像しちゃうわ」

と、三枝子がベッド際のルームクーラーを指さして、いきなり抱きついて来たのを、真弓は夢心地で感じていた。

真弓は、今まで自分が何を喋ったか、はっきり憶《おぼ》えていなかった。またそれを考えるのも億劫《おっくう》であった。何もかも夢の中の出来事のような気がするし、どうしてあの男と三枝子と三人で、こんな旅館に泊ったのか不思議であった。

顔が上気して熱い、と感じているうちに、突如として意識が途絶《とだ》えた。それからはフィルムを切断したように、一切が無であった。真弓は、泥のような熟睡の底へ落ち込んだのである。

4

瞼の上を蝶が舞っている――

追い払おうとする手が動かない。何とかして手を持ち上げようと、じれったい努力を繰り返す。と、そのうちに、水面へ浮き上ったようにポッカリと目を覚ました。

窓の外の樹木を通し、カーテンの隙間《すきま》から射し込んでいる陽光が、恰度《ちょうど》真弓の瞼に当っていて、木の葉のそよぎに従って、光線が瞼の上で揺れ動いたのである。

次の瞬間、真弓はベッドを蹴って跳び起きた。

《ここは何処だろう!》

後頭部と眼の芯が脈をうって痛む。喉がカサカサに干涸《ひから》びて、口の中は粘膜を張ったように気持悪かった。滅多に味わった事のないこの気分と、見馴れない眼前の情景が、何処か途方もなく遠い所へ来てしまっている、と思わせた。

傍《かたわ》らには、三枝子が海老《えび》のように軀を折り曲げて、いぎたなく眠りこけている。はだけた浴衣の胸から、円い乳房が剝《む》き出しになって、口の下あたりの敷布には涎《よだれ》の跡らしい斑点が残っていた。

「お三枝！」

真弓は三枝子の頬を平手でピシャピシャ叩いた。三枝子は顔をクシャクシャにして、上半身を起した。

「水、水を頂戴……」

「臭い！　あんた凄く酒臭い」

その異臭を嗅《か》いで嘔吐《おうと》をもよおしそうになった。真弓は慌てて顔をそむけた。サイドテーブルに青い水さしがあった。コップと水さしに半分ずつ分けて、二人は息もつかずに飲み干した。水は少しも口の中や喉に浸透《しみとお》らなかった。食道の表面を液体が流れる感触だけであった。もっと凍《こお》りつくような冷たい水が欲しかった。

「あんた、ここ何処だか知ってる？」

と、真弓はベッドの上に坐りなおした。三枝子は、我に還《かえ》ったように初めて、周囲を見回した。

「昨夜《ゆうべ》、泊っちゃったんだっけ。家《うち》から会社へ問い合わせないかな。会社は辞めて、家へは帰らない――こりゃちょっと拙《まず》いわ」

三枝子は心細そうに視線を落した。深酒の後の不快な気分が後悔に拍車をかけた。下腹がさし込むような空《むな》しさを強《し》いた。

「あんた昨夜、家出するって勢い込んでいたんじゃなかったかな」

「そうお？　何も憶えてないな。とにかく、凄まじかったわね。ポニーで知らない男と意気投合して、その人の奢《おご》りでガブ飲みして、何処かの高級旅館へ来て、風呂へ真弓と二人で入って——こんな大筋だけは、離れ島みたいにポツンポツンと記憶にあるんだけど」

「あたしも同じようなものよ」

「ねえ真弓、あたし、もしかしたら、結婚するかも知れないわ」

「何を寝呆けているのよ」

「ええと、今日は確か十一月一日ね」

「午前九時六分よ」

と、真弓が時計を見て言った。その時、意外に近くで国電の走り過ぎる音がした。二人は何となくホッとして、顔を見合わせた。国電の音は、自分達が充分知りつくしている場所の範囲内にいる事を教えてくれた。それにその健康的な響きが力強く感じられた。

「とにかく起きよう」

「うん」

二人はベッドを下りた。床には衣服が散乱していた。二人は呆《あき》れながらそれを拾い集めて、手早く身につけた。

寝室のドアを細めに開いて、隣の部屋をそっと窺《うかが》った。白々しい朝の日射しの中に、昨夜と同じ恰好でソファの上の男の姿があった。

何か翳《かげ》のある男——と、昨夜痺《しび》れた観察力と判断力で見て取った男の印象が、二人の記憶に甦《よみがえ》って来た。しかし、今は一人の平凡な男が朝寝をむさぼっているのと変らないように見えた。

「彼、案外おとなしかったわね」

三枝子が言った。その言葉には、それが期待はずれだったというような響きがあった。

「だって二対一だもン」

「でもさ、あれだけの大金を投げ出したからには、あたしかあんた、どっちかに変な事するんじゃないか、と思ったわ」

「そんな度胸のない人よ」

「だって、相当悪い事をして来たみたいな口振りだったんじゃないの?」

「善人に限って、酔うと女の子の前で悪党ぶるのさ。一人芝居を楽しんでるのよ」

と、二人は肩を押し合うようにして隣室へ入った。

「お早よう!　昨夜はいろいろと迷惑かけました。どうも……」

三枝子が男の傍に寄って声をかけた。それは、照れ隠しに張り上げた大声だった。湯殿の手前にある洗面所へ行きかけた真弓は腰をよじって笑った。

蛇口をひねると、青く冷たそうな水が迸《ほとばし》った。眼の前の鏡に、真弓の顔があった。皮膚に脂が浮いている。そのくせ頰の艶《つや》は褪《あ》せていた。真弓は顔にはねかかる水滴をそのままに、鏡の中の自分を瞶《みつ》めた。

《こんなあたしと、誰が結婚するのかな》

そんな事を、可笑《おか》しいような、くだらないというような気持で考えていた。恰度《ちょうど》一服するように、日常のちょっとした生活の曲り角で、ふっと捉《とら》われる漠然とした空想だった。

だが、その瞬間の心の遊びも、背後で聞こえた三枝子の叫び声によって消しとんだ。叫び声は、最初喉を圧しつぶされたような呻《うめ》きであって、それが爆発して最後は甲高く尾を引いた。

真弓はスリッパを蹴散らかして部屋へ戻った。

男の傍らで、三枝子は彫像のように立ちすくんでいた。右手には男の軀からはぎとった毛布を持ち、左手は爪を立てんばかりに自分の顎に強く押し当てていた。顔には血の気がなく、飛び出そうな眼球は男を凝視して動かなかった。

「どうしたのさ！」

とは言ったが、その情景を一瞥《いちべつ》すれば何が起ったか、直感もあり想像もついた。真弓は既に動悸《どうき》が早まった胸を抱えて、遠回りするように三枝子へ近づいた。怖々《こわごわ》と男の顔を覗《のぞ》き込んだ時、改めて内臓が突き上げてくるような驚愕《きょうがく》に息を呑んだ。

男は死んでいる！

腕も脚もキチンと揃っていたが、その突っ張り工合が不自然であったし、皮膚の色は青味がかった粘土に似ていた。たった今絶息した死体でない事は、素人眼《しろうとめ》にも歴然としていた。薄眼をあいている。一方が眼帯で被われていて、片眼であるだけにそれが無気味であった。

男の無精髭《ぶしょうひげ》がのびた下顎あたりから喉仏《のどぼとけ》の下へかけて、三重に巻き込んである紐《ひも》が見えていた。それは丹前の細帯であった。

二人は少しずつ後ずさった。今にも死体がムックリと起き上りそうな気がして、眼を離す事は出来なかった。背が壁に突き当った時、

「は！」

と、三枝子が軀を弓なりに反らした。真弓は後手でドアのノブを探った。気がせけばせく程、手はノブに触れなかった。仕方なく、一瞬間視線を死体からそらして、ノブの位置を見定めた。同時にドアを引きあけると、二人は寝室の中へ転《ころが》り込んだ。

真弓は素早くドアをしめて、それに全身を委《ゆだ》ねた。三枝子はベッドに俯伏《うつぶ》して、そのまま動かなかった。

国電が何台も行き交い、時たま自動車のホーンが聞こえた。他《ほか》の離れからか、女の嬌《きょう》声《せい》と、テレビの料理番組らしい説明が流れて来た。不思議に静かだった。全てが故意に鳴りを静めているような感じだった。しかし、二人にとっては荒野に迷っているような重苦しい静寂であり、とてつもなく長い時間のように思えた。

やがて、三枝子が掠《かす》れた声で言った。

「あの男、殺されたのかしら」

普段はきつ過ぎる程黒目がかった三枝子の大きな眼は、放心したように鈍かった。薄手の唇だけが不健康な桃色であり、顔は一回り《ひとまわ》小さくなったように、白く窶《やつ》れていた。

「誰に？」

真弓は肩で息をしながら、三枝子の視線を受けとめた。

「そんな事、あり得ないわ」

「どうして？」

「だって昨夜《ゆうべ》、あたしは離れの入口に鍵をかけたのよ。今、顔を洗いに行こうとした時、チラッと見たんだけど、鍵はちゃんと入口のドアにさし込んだままだったわ。誰がどうやってこの離れの中へ入って来られたの？」

「じゃあ自殺？」

「自分で自分の首を締めるなんて出来るもンか。首吊りならともかくさ」

「それなら、どうして死んでるのよ」

「分らない……」

「悪い事をして金を使い果したから自殺した——っていうなら筋が通るじゃない？」

「それなら、もっと人並の自殺手段を選ぶさ。それに、お金だってあたしに預けたままで、使い果しちゃあいない」

　確かに、三枝子の言い分にも一理ある。男は、前日まで郵便局員だったが辞めてしまった、と言っていた。何か理由がありそうである。例えば公金横領とか使い込みという場合も考えられる。大金を持っていたし、それも捨て鉢な使い方をしていた。何か悪い事をやったのか、という真弓の問いに対しても別に否定しなかった。そして、どうせ今夜限り、と意味ありげな言葉を口走ったではないか。それに、あの男の翳ある印象——。

　これ等の事を繋《つな》ぎ合わせてみると、男はある罪を犯してしまったが、事は意外に早く露見してしまい、持ち金も少なく、また警察の追及を逃れられる可能性もない、と覚悟して自殺を計ったのだ——こういう結論は妥当であった。

だが、それにしてはあまりにも突飛な、自殺場所の設定ではないか。どうせ死を選ぶなら、何万円かの金をもっと有効に費して、この世の最後の快楽と愉悦に没頭するのが、犯罪者の末路に相応《ふさわ》しい。それを、見も知らぬ二人連れの酔った女の為に、高価な酒を買い、豪勢な旅館へ案内した。それも若い女の肉体が目的であったわけでなし、当然のように寝室を別にして――そして自殺する。この男の行動を『過程』として、自殺を『結果』とするならば、この『過程』と『結果』を結ぶ一線には必然性が欠けているのではないか。

「殺されたのだとすると――あたし達はどうなるの」

床に視線を据えて三枝子が言った。カーテンの色が映えて、床は斑《まだら》に赤く染まっていた。

そう言われて、真弓は膝をガクッと震わせた。大切な物を何処かに置き忘れて来たのに、気づいた時の気持と似ていた。

真弓は思いもよらなかった凶事の突発に、自分の置かれている立場をすっかり忘れていた。男の死を、新聞記事で読んだ他人事のように客観的に眺《なが》め過ぎていたのだ。それが自分に密接な関係があるという実感が湧《わ》かなかったのである。

《どうしよう……！》

真弓は、そう考えると俄《にわ》かに思考力が狂ったような気がした。手足からは潮の引くように温かみが去って行くのに、頭の中だけは熱かった。

「朝起きたら連れの男が死んでいた、って帳場へ電話してみようか?」

と、三枝子がノロノロと立ち上った。

「自殺だってはっきりしていれば、そうしてもいいけど。警察も新聞社もくる。あたし達は調べられる。殺人事件だもの」

「あたし達が犯人にされるかしら」

「かも知れない」

「だって、事実はあたし達が犯人じゃないわ」

「でもさ。誰も入っては来られない離れの中で人が殺されて、そこにいたのは、あたし達だけだっていえば、二人が犯人って事になるじゃないか」

「あたし達は、あの男と昨夜《ゆうべ》知り合ったばかりで、殺す動機なんて全然ないって言っても駄目かな」

「昨夜知り合った男と、その足で旅館へ来たなんて言ったたって、誰が信用するもんか。大人は何もかも常識で、それも自分達の常識で割り切るんだ」

「新聞にも出るだろうな。ビート族とか、無軌道娘とか」

「うん。乱行の果ての殺人、だなんてね」

二人は言い合わせたように口を噤《つぐ》んだ。絶望に近い沈黙である。脳裡には同じような思惑があった。

「手のつけられない、典型的な今の娘でしてねえ」

と、もっともらしい顔で語るあの係長。彼が真弓に妙な素振りを見せて、それが今日の事態の原因になっている事など、世間は考えてもみないだろう。彼は善良な社会人で、真弓は社会の蛆虫《うじむし》とされるのだ。

「大きな啖呵《たんか》きったけど、結局はズベ公だったのよ」

そう嘲笑する取り澄ました昨日《きのう》までの同僚達。あの誤魔化し屋の嘘つきどもが、真面目なBGとされ、真弓と三枝子は現代の癌《がん》である不良女子、とレッテルを貼られる。

そして、悄然と項垂《うなだ》れる肉親達。犯罪者として扱われる想像もつかない未知の世界――。

《厭《や》なこった！》

と、真弓は唇を嚙んだ。

聞こえてくるテレビの音声が、今度は子供向きの児童劇に変ったらしい。そのネチネチした大袈裟《おおげさ》な台詞《せりふ》まわしが、二人の焦燥を搔き立てた。

「逃げよう！」

と、真弓が言った。

「逃げてどうするの？」

「どうにかなるわ。旅館の人があたし達の名前を知っているわけでなし、うまくすれば分らずじまいになるかも知れない」

「だけど、逃げれば犯人だって事を裏書きするようなもんよ」

「逃げなくったって犯人さ」

「大丈夫かな……」

三枝子は怯《おび》えるように真弓の胸に縋《すが》った。赤毛が微かに震えている。その髪の毛の匂いが、嗅ぎなれた香料のもので、こうしている事が何か二人で芝居をしているような錯覚を呼んだ。

逃げる事は冒険であった。手配されて追われる身になるだろう。だが、同じ犯人とされるなら、警察の取調べを受けるのも新聞に書きたてられるのも厭であった。この窒息しそうな事件の枠《わく》外遠く、逃げてしまった方が救われるような気がした。それに、逃げきれれば、肉親を泣かさずにすむ、という僅《わず》かな希望さえあった。

「賭さ、一か八かの」

真弓は強《し》いて笑いを見せた。

「正しい者が必ずその扱いを受けるとは限ってないわ。それ程、世の中を信用しちゃあいないもの」

「でも、怖いな」

「お三枝は、逃げるの厭？」

「ううん、行く、一緒に行く」

三枝子はイヤイヤをしながら、真弓の眼を瞶《みつ》めた。縋るような懸命の表情だった。男だったら接吻してやりたくなるだろう三枝子の可憐な顔だ、と真弓は思った。

真弓は三枝子を抱きしめた。手応えのある肢体が、細かく震えているのを腕に感じた。

すると真弓も、

《どうやってこの旅館を抜け出るか——。迂闊《うかつ》な事は出来ない》

と、心臓に針を刺し込まれたような緊張を覚えた。

5

揃いのハーフコートを着込んでから、二人は離れ全体を隈なく歩き、丹念に見て回った。

寝室には、枕カバーに三枝子の赤毛が三本抜け落ちていただけで、二人の遺留品は見当らなかった。念の為にベッドの下まで探ってみたが、埃《ほこり》のザラザラした手触りがあるだけだった。

次の間では、テーブルの上に真弓のハンカチがあったのを発見した。屑籠《くずかご》の中も調べたが、口紅を拭ったチリ紙のほかには何もなかった。そのチリ紙も拾い出してポケットへ入れた。

トイレも覗いてみた。風呂は素裸《すっぱだか》で足を踏み入れたのだから、まず心配はなかった。

二人は部屋の中央で頷《うなず》き合った。絶対に見落しのない事の確認だった。ビールビンやコップには二人の指紋が残っているはずだが、真弓も三枝子もまだ指紋を採取された経験はなく、指紋から割り出される恐れはなかった。

傍《かたわ》らに男の死体がひっそりと横たわっているのも、全く気にならなかった。死人よりも生きている人間の方が強敵であった。生きている人間の中を通り抜けて、ここから逃げ出すのである。

「じゃ、いいわね?」

真弓が、しゃがれ声で言った。三枝子は唾《つば》を飲んで頷いた。ゴクンという音が、張りつめた空気の部屋の中に、異様に大きく聞こえた。

真弓は受話器を手にした。

ジー、とブザーが帳場で鳴っている。間もなくそれが途切《とぎ》れて、ハイハイという女の声に変った。

「もしもし。女二人だけ先に帰るから、靴をお願いね」

と、真弓は努めて明るい声を送り込んだ。

「はい承知しました」

簡単にそう返事があって、電話は切れた。

真弓は三枝子の腕を取って、沓脱ぎの前の廊下に出た。部屋のドアはキッチリと閉めた。

「しっかりね」

肩を落して消え入りそうに立っている三枝子へ、真弓が声をかけた。三枝子は反射的に幾度も頷いたが、全く上の空だった。一つの考えをもう一つの考えが被い隠し、その考えをまた別の考えが包んでしまう。めまぐるしい空転が頭の中で続いていた。

靴を持ってくるだけにしては、時間がかかり過ぎるような気がした。帳場で、何となく様子が変だと相談を始めているのか、と想像したくなった。

下腹が痛くなる。二人は生理的要求を堪えるように身を揉《も》んだ。ドアの隙間から一筋、光線が射し込んでいる。その光線に沿って、一匹の虫が這《は》っていた。死期《じ》が近いのか、長い触角を振り振り、のっそりと進んだ。真弓はその遅々とした進み方が焦れったかった。何だかその虫が自分達のように思えた。

遠くから、サンダルを引きずる自堕落《じだらく》な足音が聞こえて来た。

《来た！》

と、ホッとしながら、それが一歩一歩大きくなるにつれて、二人は身を固くした。耐えられなくなったように、三枝子が太く吐息した。

「ごめん下さい」

足音がとまって、女中の声がした。

「どうぞ」

「あのう、鍵がかかっているんですけど」

ノブが回って、二、三度ドアがゆすぶられた。

「いけない、忘れてた」

真弓は慌《あわ》てて、鍵穴に差し込んだままの鍵をひねった。ひねりながら、三枝子を振り返って、

「ねッ？」

と、頷いて見せた。鍵は間違いなく、昨夜のまま内側からかけてある、という意味だった。

「お会計は、どうなりましょう？」

女中が、靴を揃えてから、二人を仰いだ。その顔には何かを訝《いぶか》る色はなかった。会計を気にするのは、女中として当然であった。

「あたしがすませる」

真弓は靴へ足を入れながら、そう答えた。

「では、あちらで」

女中があっさりと離れを後にした。二人だけ先に帰るという事に、一片の疑問も感じていない様子であった。

雲の上を行くような、フワフワと歩く三枝子を、真弓は右腕に抱えて女中の後を追った。一歩進めば、それだけ死体から遠ざかる、という気持が真弓を勇気づけた。

秋空は眩《まば》ゆく晴れ渡って、口に含んで吹きつけたような雲が流れていた。小鳥の囀《さえず》りが無心に呼応している。池の縁を歩くと、群がっていた金魚が八方へ散った。二人の立場が嘘のように平和な周囲だった。

玄関へ出ると、カウンターに中年の女がいた。旅館の責任者らしい落着いた和服姿であった。

「こちらが、お会計を――」

と、女中がその女に告げた。

「有難うございました。あの、お連れさんは如何《いかが》なさいました？」

女は愛想よく小腰をかがめた。

「あの人ね、すっかり参ってるのよ。今日の夕方までグッスリ眠って行きたいって。だから起さないでね。夕方までの時間分も、あたしが払っておくわ」

思ったより滑《なめら》かに言葉が出た。真弓は言い終って、微笑を浮かべられるだけの余裕を感じた。

「そうしますと、八千五百円頂戴する事になりますが」

小さな算盤《そろばん》を形式的にはじいて、女は小首をかしげ金歯をのぞかせた。昨夜、男から渡された金は殆ど残っている。真弓はバッグから一万円札を引っぱり出した。女中がバッグの中をチラッと覗いたような気がした。

女は釣り銭を揃えながら、三枝子を見た。

「工合《ぐあい》でも悪うございますか？　そちらさん顔色がすぐれませんねえ」

三枝子の軀が、真弓の腕の中で硬直した。

「この人二日酔なのよ」

すかさず真弓が言った。三枝子が真弓の背後に隠れるように身を引いた。その激しい息遣いを、真弓は耳朶《じだ》に感じた。

「昨夜、大分召し上っている様子でしたからね」

女中が苦笑して合槌《あいづち》をうった。これは救いであった。女も「まあ！」と調子を合わせて笑った。

「またどうぞ」

という声に送られて、真弓と三枝子は旅館の玄関を離れた。門を出るまでは背後の視線を痛い程意識した。靴の下で砂利が軋《きし》る音さえも、呼びとめられた声と錯覚して、幾度も肩を震わせた。駈け出したい気持を抑えて、ひどく長く感ずる門までの道を歩いた。

国電沿いの道へ出ても、二人は歩調を変えなかった。誰かが見ていそうな気がしたからだった。何処からか初心者の練習らしいピアノの音が、のんびりと聞こえてくる。ほっそりとなで肩の母親が、ヨチヨチ歩きの男の子の手を引いて、二人の前を行く。通り過ぎる国電の窓に、ズラッと並んだ女学生のセーラー服が見えた。穏やかな風景であった。穏やか過ぎる事が、何かの仮面のように感じ取れた。

起すなと言い、その分の金まで払ってあるからには、夕方までは旅館の者もあの離れへは入るまい、という見込みはあった。だが、何かの拍子にあの死体が発見されて、今頃もう旅館中が大騒ぎになっているのではないか――。そんな不安は絶えず、つきまとっていた。誰かが追ってくる、と思うと後を振り返る事も出来なかった。

二人は口をきくのが、互いに恐しかった。そっぽを向くようにして歩いた。顳顬《こめかみ》に鈍痛を感じた。深酒の疲労と緊張の連続で、血液が頭ばかりを循環しているように鬱陶《うっとう》しかった。

大通りへ出たところでタクシーを拾った。

「新宿《しんじゅく》——」

と、真弓が運転手に告げた。

「はい」

バックミラーの中で事務的に頷いた運転手も、刑事のように見えた。新宿西口まで、車はのどかな真昼の街を走った。街だけを見ていると、犯罪とか警察とか、そんな暗い要素は微塵《みじん》も感じ取れなかった。

午前の新宿には、雑踏《ざっとう》とまではいかなかったが、かなりの人が出ていた。二人は人通りの中へ入り込むと、何となく心が安らいだ。この何千人もの人間の中の一人になってしまえば、あの男の死体との連繋が断ち切れる、とそんな気持だった。すると、坐り込んでしまいたいような倦怠《けんたい》感を覚えた。もう一歩も動かずに、人の渦の中に温存されていたかった。

「何処かへ落着いて、何か喰べよう」

真弓が三枝子の手を握って言った。

「食欲なんか、まるでないわ」

「喰べなきゃ毒だもン。それに一応は解放されたんだ」

「じゃあ、おそばがいい」

二人は混んでいそうなそば屋を探して、ドヤドヤと入って行く学生の一団にまぎれて店ののれんをくぐった。

テレビの真下のテーブルだけが空《あ》いていた。席についたとたん、三枝子が気忙《きぜわ》しく真弓の肘を突いた。三枝子の指は、傍らの新聞の三段抜きの見出しに据えてあった。そこには、

『港郵便局員姿を消す　誘拐《ゆうかい》か失踪《しっそう》か捜査中』

とあった。真弓は反射的に息を詰めて三枝子を瞶《みつ》めた。

「これ、いつの新聞かしら？」

「今日の朝刊よ」

真弓はすぐ視線を紙面に戻した。じっくり読まなければならない、と思いながら、眼は先へ先へと活字を拾った。

昨三十一日、港郵便局集配課員森川昭司《しょうじ》さん（二九）は午前九時頃局を出発、郵便物の

配達に向かったが、それっきり同日午後五時になっても局へ戻らない、と港郵便局から麻布《あざぶ》署へ届け出があった。森川さんは普通郵便物のほかに書留類も持っており、最近郵便局員襲撃事件が続いたあとだけに麻布署では東京郵政監察局と協力して、森川さんの配達区域内で足どりを追っているが、閑静な住宅街であるため配達途中の森川さんの姿を目撃したという情報を得るのは困難視されている。なお森川さんが暴力により誘拐されたものか自分の意志により失踪したものか断定されていない。また森川さんは勤続八年で勤務態度も真面目であり、現金書留などを着服して失踪するようなことは考えられない、と局側では言っている。

読み了《お》えた真弓の鼻先へ、三枝子がもう一枚の新聞を突き出した。
「こっちの新聞には、その続きが出ているわよ」
その記事の見出しは小さく、
『赤い自転車など見つかる
　郵便局員失踪と断定』
となっていて、記事そのものも簡略に扱われていた。

港郵便局員の行方不明を捜査中の麻布署では、三十一日夜港区麻布本村町《もとむら》十七番地万正寺境内にある雑木林の中に、赤い郵便自転車を始めカバン、郵便物などが遺棄されてあるのを発見した。これらのものが同日行方不明になった港局員森川昭司（二九）の遺留品と確認された上、現金書留類が一通も残されていないところから森川がそれを着服失踪したものと一応断定し、森川を都内及び郷里である伊豆下田《いずしもだ》方面に指名手配した。

「あの人よ！」

あの男は森川だと名乗ったし、前日まで郵便局員だったと言っていた。これで彼が分不相応な大金を所持していた事も頷《うなず》けるし、新聞を読めば分るさ、という言葉の意味もはっきりする。

「やっぱり犯罪者だったんだな」

「指名手配って、都内の旅館なんかに聞き込みに行くんじゃない？　あの死体だってすぐ発見されるかも知れない」

三枝子が泣き出しそうな声で言った。割箸立てや唐辛子《とうがらし》のカンが細かく揺れている。三枝子がテーブルの下で貧乏ゆすりをしているのだ。真弓も、こうしてはいられない気になった。

二人は眼の前に置かれたカレーそばを、穢《きたな》いものを見るような眼で瞶《みつ》めた。

6

二人は、夜七時まで映画館にいた。

そばには殆ど箸をつけずにそば屋を出た足で、手近な映画館へ飛び込んだのである。映画は二本だてであった。一本は時代劇で、滅法強い主人公が活躍する内容だったが、二人の眼には華やかなカラーの上《うわ》っ面《つら》だけが映じて、それ以上に滲透《しんとう》してくるものはなかった。もう一本の方は、警視庁捜査一課の刑事が殺人犯を追い詰めて行く過程を描いたもので、そのリアルな画面に、二人はじっとりと汗ばむ程引き込まれた。追われるものの意識が、自分をその殺人犯に当て嵌《は》めてしまうのである。二人は身動きも出来ない圧迫感に、幾度か互いの手を探り合っては、喘《あえ》ぐように吐息を洩らした。

結局、二本だてを二度繰り返して観た。外が明るいうちは、暗い座席にひっそりと蹲《うずくま》っていた方が落着けそうな気がしたからだ。

七時過ぎに映画館を出たが、足を進める方向がなかった。

「お三枝、家《うち》へ帰ってみる?」

真弓が訊いた。三枝子は力なく首を振った。肩をおとした三枝子の横顔が寒々として見えた。既に自宅には手が回っていて、刑事が帰りを待ち受けている危惧《きぐ》があった。

ネオンを背景に、人の流れが続いていた。アベックは定《きま》って笑いながら通り過ぎた。どんな話をしても楽しくて仕様がない、という顔つきだった。だが二人には、この笑顔のアベックと酔っぱらいだけが、安心してすれ違える通行人だった。これ以外の人間はみな刑事に見えた。

事実、刑事が『結城荘別館』の女中を連れて、若い女を一人一人首実検する為に、この人混みの中にいるかも知れなかった。誰かが自分達を指さす気配を示したら、横っ飛びに逃げ出す用意は、二人とも怠らなかった。

どっちにしても、夜の新宿を彷徨《ほうこう》するのは賢明と言えなかった。二人の足は自然に新宿駅へ向かっていた。途中、電光ニュースに足をとめて、しばらく電気の点滅を仰いでいたが、それらしいニュースは文字となって現れなかった。何もない——何もないだけに無気味だった。二人の移動を追って、包囲網が完全に出来つつあるからこそ、表面に何も現れて来ないのだ、とも考えられた。

「兄貴に逢《あ》ってみようか——」

真弓は切符の自動販売機の前で、そう言った。兄の修平《しゅうへい》だけには連絡をつけて事情をだ、と真弓は思った。修平はダンボールの製函《せいかん》会社に勤めている。年齢は二十五だが、真弓にとっては物分りのいい、頼れる兄だった。勿論、真弓の話を信じてくれるだろう。そして、冷静に真弓達のとるべき最上の道を教えてくれるに違いなかった。

二人は新宿駅から中央線に乗った。電車はラッシュアワーが終る間際で、相当混雑していた。真弓は、昨日まで朝夕この混雑に揉《も》まれていたのだ、と思うと、古巣へ戻ったような気楽さを感じた。吊り皮に並んだ腕、居眠りを繰り返す人、顔の前に広げられた週刊雑誌、どれもが親しみあるもので、単調な電車の響きを聞いているうちに、永遠にこのまま走り続けていればいい、と思った。

だが、西荻窪《にしおぎくぼ》の駅を降りた時、簡単に兄の修平に逢おうと決めた自分が甘い事に、真弓は気づいた。

駅前の繁華街を通り抜け、アパート街へ入ると、薄暗い路上に二人の足を釘づけにする人影が幾つもあった。それは、刑事でなかったかも知れない。ただの散策者か、恋人を待つ青年、とも受けとれた。しかし、万が一にも警察官であったなら、一歩踏み出す事によって二人は万事休するのである。二人の手首に手錠がきらめいた時には、修平に一言も告げられずに破局を迎える。そう思うと、足は進まなかった。

方向を変えて下宿先に近づこうと試みた。だが、下宿の窓が見える地点まで行くと、それ以上の前進は出来なかった。二時間近く、二人はうろつき回った。

「駄目だ」

到頭《とうとう》真弓が疲れ果てたように呟《つぶや》いた。

「諦《あきら》めようよ」

と、最初から逃げ腰だった三枝子が、それを待っていたように真弓の袖を引っ張った。

「うん」

真弓はもう一度振り返った。下宿の窓に灯が点《つ》いている。修平はあの灯の下にいるに違いなかった。そして、帰って来ない真弓を案じながら、一人で冷飯を噛んでいるだろう。

《さようなら、兄貴》

真弓は赤茶けた電灯に、胸の中で手を振った。感傷に溺《おぼ》れそうになる自分に嫌悪を感じて、真弓は次の瞬間クルリと向きなおり、さっさと歩き出していた。

「何処へ行くの？」

と、三枝子が追い縋《すが》った。

「泊る所を探そうよ。ふらついていて職務質問にでもかかったらアウトだもン」

真弓は、吠えかかる犬に蹴飛ばす真似をして見せた。空に星がなかった。これで雨にでも降られたら、とその惨《みじ》めさを想像して足を早めずにはいられなかった。

都心に近づくより、郊外へ出た方が安全のような気がした。旅館に泊るにしても、遠出のアベックが利用するような目立たない温泉マークを探そう、と真弓は思った。

再び国電に乗り、二人は吉祥寺《きちじょうじ》へ出た。駅から約十五分歩くと井《い》の頭《かしら》公園がある。この公園の周囲に、確かそんな旅館があったと真弓は記憶していた。

よくこれだけ別々の相手を見つけたものだと感嘆するくらい、小さな闇を選んで囁《ささや》きあう多くの男女のカップルを横目に、井の頭公園を抜けると、『緑風亭《りょくふうてい》』と小さな看板をかかげた素人家《しもたや》ふうの旅館があった。

旅館の中は森閑《しんかん》としていた。一人きりいないらしい女中に案内されて、二人は二階の六畳へ入った。

「すぐお休みになります？」

型通り千成最中《せんなりもなか》と茶を運んで来た女中が言った。

「そうするわ」

「お布団は二つのべましょうか、一つでよろしいでしょうか」

「どっちでもいいわよ。妙な事訊くのね」

どんな些細《ささい》な『異常』にも脅《おびや》かされるだけに、真弓はこの馬鹿丁寧な女中の質問が気にさわった。すると、女中の神妙な顔がいやらしく崩れた。女中は笑いの拡がる口許を手で隠して言った。

「近頃ね、あのう……同性の方のお泊りが多くなりましてね。先日も、気を利かしたつもりでお床を二つとりましたら、大変お客様に叱られまして……。つまり、その、同性愛って申すんですか？」

そう言う女中の眼も、好色的に光っていた。そんな淫猥《いんわい》な行為を目的にここへ来る程、余裕ある二人と見られた事が、真弓にも三枝子にも腹立たしかった。二人は女中の話を黙殺した。六畳一間きりであったから、二人は女中が寝具を拡げるのを、傍らで見ていなければならなかった。女中は、どういうつもりか布団を一つだけとって出て行った。

「やっぱり同性愛にしやがった」

真弓は苦笑して、布団の上に転った。

部屋は冷たく湿っぽかった。枕にはポマードの匂いがしみているし、掛布団のカバーの縁には口紅の跡があった。この布団の中で抱擁する男女の姿態を生々しく頭に描けた。すると、今の二人は本能の発露さえ許されないのだと、侘《わび》しくなった。

「ねえ――」

黙っていた三枝子が、突然口を開いた。

「森川ってあの男は悪い事はしてないのよ。現金書留を持って逃げたのは他に主謀者がいて、森川は利用されただけよ」

「どうしてそんな事が分るの？」

真弓も布団の上に軀を起した。

「その主謀者に殺されたんだと思うな。仲間割れか、森川が警察へ自首する恐れがあったのか、とにかく主謀者は森川を殺さなければならなかった。森川もきっとある程度それを予期していたのよ。だから、あたし達を誘ってあんな旅館に潜《ひそ》んだり、どうせ今夜限りだなんて口走ったのよ」

「だけど、殺されるのを予期していたら警察へ逃げ込むわよ。それに、あたしがあの離れの鍵をかけたんだもン。森川は自分を殺しに来た人間を、素直に鍵をはずして中へ入れたっていうの。そしてその犯人は、かかっている鍵をそのままに、どうやって離れから出て行ったのさ」

「そうか。探偵小説に出てくる密室ってわけだなあ」

三枝子は投げ出していた脚を引っ込めて、宙を瞶《みつ》めた。

『結城荘別館』の離れは、洋間であった。壁の部分が多く、窓は寝室に一箇所、森川の寝た部屋に一箇所あっただけで、しかも窓の外側には十センチメートル間隔に鉄格子が嵌《は》まっていた。離れの内部へ侵入するには、入口のドアから入る以外に方法がない。だが、その入口のドアには真弓が鍵をかけたのである。仮に森川が誰かを、離れの中へ招じ入れたのだとしても、森川を殺したそのXは離れを密室状態にしたまま、戸外へ抜け出る事は不可能だったのだ。

森川が進んでXを離れへ招じ入れた、という仮定を否定する要素も一つある。それは、森川の死体の状況であった。

「森川が鍵をあけたとするわね。すると森川はまず、ソファから起き上った事になる。それなのに森川の死体は昨夜《ゆうべ》と同じソファの上にあって、毛布をかぶっていた。森川を殺してから犯人がそう装《よそお》ったのだと言いたいけどね、それなら犯人は、離れへ入ってくる前の森川の寝ている恰好をどうして知っていたのかな」

「結局、眠っているところを、抵抗の余地も与えずに襲ったって事になるわね」

「じゃあどうして犯人は、離れの中へ入って来たか、出て行ったか――」

「もうよそう」

と、三枝子が浴衣の一枚を投げて寄越《よこ》した。それは真弓の顔にかぶさった。

「そんな謎解きやったって、あたし達に明日がない事は変りないんだ」

三枝子の絶望的な愚痴を耳にしながら、真弓は浴衣を顔にかぶったまま寝転んだ。

《明日《あした》は明日《あした》の風が吹く――か》

7

何もかも夢であって、目を覚ますと平常《いつも》と同じ自分の布団の中であり、真弓の寝坊をブツブツぼやきながら、兄の修平がこしらえる味噌汁の香りがプーンと鼻をつく――。そうであってくれればどんなに倖《しあわ》せか。そうであって欲しい。いやきっとそうなんだ。自分は悪夢を見続けているのだ。

と、そんな夢を見ていた真弓は、そっと眼を開いてみて、天井も襖《ふすま》も布団も自分の家のそれよりは、はるかに新しく綺麗である事を知った時、気持が空しく萎《な》えて行った。

《やっぱり現実だった――》

期待のはずれた時のズシリと重い寂寥《せきりょう》感が、睡眠不足の熱っぽい躯を寒々と吹き抜けて行った。夢であってくれと願うのは、人間最後の希望かも知れなかった。だが今はそれも絶たれた。真弓の前途には現実の苦痛が展開していた。

時計を見ると、七時半だった。平常《いつも》なら会社へ出勤する為に修平と二人、下宿を出る時間だった。そう思っても、そんな事はずっと昔の、子供の時分の思い出のようだった。

真弓は布団を抜け出して、雨戸をくった。秋の金属的に鋭い日射しの中に、井の頭公園の全景が拡がっていた。遠くガードの上を、井の頭線の電車が走って行くのが見えた。緑色のその車体は、すぐ枯れきった雑木林の梢《こずえ》に隠れた。

　三枝子が鎌首をもたげるように起き上った。

「眠れた？」

「明方になってトロトロっとしただけ」

「あたしも同じよ」

と、生欠伸《なまあくび》を嚙み殺しながら真弓は床柱の呼リンを押した。

　昨夜とは違う若い女が顔を出した。

「食事頼むわ、それから新聞も」

　真弓はそう命じた。何も喰べたくはなかったが、新聞だけ持って来てくれと頼めば、不審を感じられる恐れがあったのだ。

　若い女中は無言でよく動いた。布団が片づけられてテーブルが代りに据えられた。卓上には、卵、海苔《のり》、板わさ、と定《きま》りきった旅館の朝食が並べられた。

　真弓と三枝子は出窓に腰を下して、さりげなく新聞を引き寄せ、社会面を拡げた。

《出ている――――！》

　当然の事なのだが、二人は今更のようにハッとして顔を寄せ合った。

トップ記事であった。失踪中の郵便局員殺さる――代々木の旅館で――同宿した若い女二人が逃げる。そんな活字が閃光《せんこう》のように眼先で瞬《また》いた。眼には映るのだが、何が書いてあるのかはっきりしなかった。幾度か読み返しているうちに、やっと活字が頭の中で生きて来た。

死体は昨日の六時頃、もっと居続けをするのか離れへ訊きに行った女中が発見した。死因は絞殺による窒息死、被害者は現金書留を横領失踪中の港郵便局員森川昭司と分った。警視庁捜査一課では代々木署に捜査本部を設けて、犯人捜査を開始したが、被害者と前夜同宿した二人の若い女を重要容疑者とみて、その足どり追及に重点を置いている。その二人の若い娘を犯人と断定した根拠は、

1　被害者の推定死亡時間は同夜半であるから、同宿した二人の若い女は当然翌朝には被害者の死亡事実を知っていたはずだ。それにも拘《かかわ》らず二人は、先に帰ると言って午前中に旅館を出て、行方をくらました。

2　二人の若い女は、被害者は夕方まで眠るのだから起さないようにと旅館の者に言い残し、その分の料金も払って行った。

3　女中の話によると、朝離れを訪れた時鍵は内側からかけてあって、女の一人が慌て

て鍵をはずした。従って離れは密室同然であり、犯人が外から侵入したとは考えられない。

4　旅館を出る時、一方の女がひどく取り乱していた。

5　死体から現金は発見されなかったが、女の一人が大金を所持していた。

尚、二人の若い女はともに二十歳前後、体格がよく、一人は面長眼が大きく美貌で、もう一人は円顔色白で髪の毛を赤く染めている。二人はスラックスに揃いの白いハーフコートを着ている。

記事はこんな内容であった。現在はまだ真弓と三枝子を手繰《たぐ》る手がかりを摑んでいないらしく、捜査の見通しについては全く触れていなかった。

「ねえ、もっと遠くへ逃げようよ」

三枝子が哀願するように身をよじった。蒼白《そうはく》になった顔色が、赤い髪の毛とチグハグな対照で、何か造り物のように見えた。

「うん。でもちょっと待って。お金が幾ら残っているか調べてみる」

真弓はバッグを引き寄せた。何処へ逃げるにしても、幾日間生きのびるにしても、所持金の額がそれを左右するのである。

真弓の金が千五百円ばかり、森川から渡された金の残りが五万二千円あった。

「全部で五万三千五百円、山奥へ潜《もぐ》れば一ヵ月は持ちこたえられる」

と、札をキチンと重ねて、膝の上で揃えた時である。五枚の一万円札の間から、真弓の股の間へポトリと落ちたものがあった。真弓はそれを手にとって見た。一枚の切符と一枚の名刺である。切符は『河口湖《かわぐちこ》↓東京都区内』のもので、名刺の方には『弁護士　伴幸太郎《ばんこうたろう》　東京都港区麻布本村町三一一九』と印刷されてあった。

「これ、森川の持ちものだわ」

森川の背広のポケットに入っていたものに違いなかった。札の間にまぎれ込んでいたのに気づかず、森川が札ごと真弓に渡したのである。

「とにかくさ、このスラックスと白いハーフコートのお揃いっていうのは拙《まず》いよ。絶好の目印しだもン。スカートを買って着換えようよ。旅館の者にだって気づかれちゃうわ」

と、真弓は立ち上った。

大急ぎで勘定をすませると、二人は『緑風亭』を出た。背後からついてくる足音にハッとして振り返ると、同じ旅館から出て来たらしいアベックだった。女が男の腕に嚙じりついて、顔をこすりつけるようにして歩いてくる。一夜の余韻がさめきっていない風情であった。

「けっ！」

真弓は舌うちをした。アベックが羨《うらやま》しいのではなく、畏怖《いふ》なくして何事かに熱中出来る人間が癪《しゃく》にさわるのだ。

ふと気がつくと、三枝子が歩きながら泣いていた。

「何さ、弱虫！」

真弓は声を殺して、三枝子を睨《にら》んだ。

「だって、どうにもなりゃあしないじゃないの。森川は何故死んじゃったんだろう」

と、三枝子は子供のようにしゃくり上げた。

「だから、どうにかするのよ」

「駄目よ。あたし達が犯人にされてるじゃない。金欲しさに殺したって事になってるわ。あんたの持ってるお金だって、森川から預ったたって言っても誰が本気にするもんか」

真弓の気持も挫《くじ》けかかっている。三枝子にそう言われれば心細かった。

「意気地なし、しっかりしなよ！」

真弓は、三枝子の背中を一つ、どやしつけた。枯れた芝生の上を横切ると、公園の掃除人が焚《た》く落葉の煙が、あちこちで垂直に立ち上っていた。人通りの少ない住宅街の道を抜けると、広いアスファルト道路へ出た。三枝子はもう顔を覆って泣いていた。赤いポストの脇で、子供が立ちどまって二人を見ている。

「人が見てるじゃないか！」

「一昨日《おととい》お酒なんか飲まなきゃよかったんだ……」

「後悔しないって約束だろ」

「森川なんて、あんな男につき合わなきゃよかった……あの晩、家《うち》へ帰ればこんな事にならなかったのに――」

三枝子は声を上げて泣き出した。溢《あふ》れる涙が頰を伝って喋るたびに口の中へ流れ込む。その涙の味が三枝子の興奮を倍加させた。

通行人が怪訝《けげん》そうに振り返り始めた。真弓は気が気ではなかった。周囲の注視を浴びながら、置き去りにして逃げる事も出来ず、またこれ以上三枝子に声をかけても無駄だと分っている。

真弓は三枝子の腕を取ると、突然今来た道を駆け足で逆行し始めた。とにかく人眼のないところへ三枝子を連れて行かなければならなかった。

「あたしもう駄目よ、死んじゃいたい」

「うるさい！」

「もう生きていられる場所は何処にもないのよ――」

「黙って！」

「ああ……！」

三枝子は半狂乱だった。引きずられながら泣き、泣きながら、口走った。

赤いポストが見えて来た。真弓は必死になって走った。前からくる人が面喰《めんくら》って道をあけた。だが、二人よりはるかに早い足どりで背後に迫ってくる靴音があった。それが真弓の脇を追い抜きかけた時、激しい息遣いとともに、

「もしもし！」

と、声がかかった。二人はすくんだように足をとめた。その声の主が何者か、姿を見るまでもなく病的に鋭敏になった二人の神経が察知していた。金縛《かなしば》りにあったように軀が動かなかった。

「どうしたんですか？」

背の高い、若い制服警官が二人の眼前に立った。三枝子の崩れた泣き顔が、風船に息を吹き込んだように、次第に硬《こわ》ばり、やがて一枚の表情に張りつまった。微かにイヤイヤをしながら、三枝子は一歩二歩と後退した。

「何でもないんです。喧嘩《けんか》しただけです」

と、言いかけた真弓の眼の隅を、身を翻《ひるがえ》した三枝子の赤毛が水平に走った。

「お三枝！」

「待て！　どうして逃げる！」

真弓と警官が同時に叫んだ。三枝子は前のめりになりながら道路を一直線に突っ切った。その先は国電線路の柵だった。三枝子はその柵をよじ上り、線路へ跳びおりた。

警官が仰天《ぎょうてん》して後を追った。同時に路上の野次馬が一斉に線路の柵へ向かって殺到して行った。三枝子のチラチラと反転する白いハーフコートと、右に左に流れる赤い髪の毛がみるみるうちに遠くなった。

だが、その後姿《うしろすがた》は、長くは人々の視界にとどまっていなかった。突如として横合いから突っ込んで来た巨大な小豆色《あずきいろ》の棒と交錯して、三枝子の軀は一旦空中に舞い上り、フワッと一瞬間宙に静止していたかと思うと、五メートルも離れた地上に叩きつけられ、ドラムカンでも転すように更に五メートルばかり転々として、そこで動かなくなった。

電車の急ブレーキの音と、野次馬の中から起った悲鳴が、キーンと耳に膜を張った。真空のような静寂があたりを支配した。瞬時、地球の回転が停止したようであった。

堰《せき》を切ったように一時に人々の動きが再開されてからも、真弓は路上に膠着《こうちゃく》していた。遠く三枝子の、やや開き加減の脚が見えていた。真弓には、その物体が人間とは、まして三枝子とはとても思えなかった。群衆の騒ぎが大きくなればなる程、真弓は白昼の幻影を見ているような気になった。

ふと先刻の若い警官がしきりとあたりに眼を配っているのに気がついた。真弓を探し求めているのに違いなかった。真弓には身を隠す必要があった。一瞬の逡巡《しゅんじゅん》の後に、

《お三枝、ごめんね——？》

と、三枝子の死体に向かって瞑目《めいもく》した真弓は、足早にその場を立ち去って行った。

第二章　その日の女

1

列車は幾つものトンネルをくぐり抜けた。円味をおびた丘陵や、キラリと水面を輝かせる相模《さがみ》湖にふっと眼を奪われた瞬間、それは拭い取られるように消えて、無味乾燥な闇の中へ入るのである。

再びトンネルから解放された時は、見ようとした対象は山蔭に隠れてしまったり、はるか後方へ飛び去ってしまっていた。窓際に母親と向かい合って席を占めている子供が、そのトンネルの意地悪にヤキモキして、小さな拳で窓ガラスを叩いている。

平日の真昼の列車であり、行楽客の数が少ないせいか、通路には大分空間が残っていた。座席の人々は大半が舟を漕《こ》いでいる。窓ガラスを透して射し込む陽光の、柔かみといい強さといい仮睡には最適であった。

吉祥寺から立川《たちかわ》へ出て、この松本《まつもと》行の中央本線に乗り込んでから、もう一時間近い。真弓は河口湖まで行くつもりである。これという目当てがあるわけではない。河口湖へ着いてから、その先は何処へ行ってどうするべきかも考えていなかった。

真弓は今、森川殺しの犯人を突きとめる決意をしていた。大それた事だった。血迷った女の足掻《あが》きかも知れない。犯人、と言っても、それは単なる観念的な目標であって、その存在の具体性や追及の手がかりは零《ゼロ》に等しいのである。まして専門知識も機動力もない真弓が、その犯人を突きとめるという事は、針をもって山を崩すよりも至難であろう。

しかし、真弓にしてみれば、そうするより仕方がないのである。勿論、こうして警察の追及を逃れていられる日が、幾日も続くとは考えられなかった。むしろ、逃走者としての放浪に終止符をうつのは時間の問題、と言っていいだろう。だから、そうなるまでに何とかして森川殺しの犯人を摑み得たいのだ。逮捕《たいほ》されるのも厭だし、追い詰められて死ぬのはなお御免であった。それを避けるには、姿なき犯人の存在を立証する以外に道がないのである。

警察は真弓を重要容疑者にしている。犯人とは言わないだけで、犯人と確信しているのだ。森川殺害現場の状況が、真弓を犯人とするように出来ているのである。だから警察は真弓逮捕の一本槍に違いなかった。

とすれば、真弓は自分だけの力で真犯人を探し求めなければならない。それも、警察の眼を避け、限られた時間内で、

《こんな破目に陥《おと》し入れやがって！》

真弓は歯ぎしりしてそう思う。卑怯者《ひきょうもの》！　と犯人を罵倒《ばとう》してやりたかった。森川昭司を殺す必要があったなら、堂々と殺せばいい。何の関係もない真弓達に全てを押しつけて姿を消す——犯人のその欺瞞《ぎまん》と卑劣さが憎いのである。真弓は、三枝子を殺したのもその犯人だと思っている。三枝子の死を、世間は無軌道の報いだと言うかも知れない。しかし、三枝子にだって生きる権利はあったのだ。三枝子には罪はない。気が弱かっただけなのだ。

——と、真弓は犯人に憎悪の高ぶりを感ずるのである。

三枝子の事故現場に非情な別れを告げられたのも、この決意があったからだ。犯人を、三枝子が二十年の生命をズタズタに引き裂かれたあの鉄路に、叩頭《ぬかず》かせなければ気持が治まらないのである。

列車の窓外に、次第に山らしい山が迫って来た。東京を離れたという気分が、やっと真弓の胸にある緊迫感をほぐし始めた。

だが、行先を考えると心細かった。河口湖へ行くのは、ほんの藁《わら》をも摑む気持からであ

る。森川が持っていた河口湖駅発行の切符を唯一の手がかりに、河口湖へ行ってみれば何かあるかも知れない、という漠然とした期待だけであった。

真弓は黒のタイトスカートにはき替えていた。立川の小さな洋品店で買ったもので、厚味もあり形よく張っている真弓の腰には、少しきついめのサイズであった。不要になったスラックスは、小さく円めてドブ川へ捨てた。

そのスカートの膝の上に、真弓は大事そうにハンカチに包んだ例の切符と名刺を取り出した。『緑風亭』でこれを発見した時は、それ程貴重なものとは思えずに無造作にハーフコートのポケットへ突っ込んでおいたが、犯人を追及するとなれば、これは細心に保存しなければならない。

まず切符を眼に近づけて、観察してみた。何の変てつもないただの切符である。それだけに、全ての真相を知りながら口を噤《つぐ》んでいるような小憎らしさを感じた。発行の日附は十月三十一日になっている。

《妙だな——？》

と、真弓は思った。

新聞によると、森川が郵便配達に向かったまま行方をくらました日も、十月三十一日である。その森川が、同じ日附の河口湖駅発行の東京行き切符を持っていたのはどういうわけだろう。とすると、森川は失踪した足で河口湖まで行き、その日のうちにまた東京へ引き返して来た事になる。現金書留を着服して河口湖へ逃走したというならば、話は分るが、すぐその足でまた東京へ帰って来たとなると、その行動は奇怪である。森川の河口湖行きの目的は別にあったと考えなければならない。

横領した金の一部を手渡すべき人物が、河口湖にいたのだろうか。その人物に金を渡す必要があって、森川は現金書留に手を出す気になってしまったのか。――ここで真弓は森川にまつわる一人の人物を発見した。森川の東京河口湖間の往復は、決して気まぐれや意味のない行動ではないはずだ。時間が貴重な犯罪者に、そんな気まぐれや無駄骨の余裕はないからである。

森川が危険を冒してまで、逢《あ》わなければならないXが河口湖にいたのである。そして、そのXは結城荘別館で森川を殺したXと同一人物ではないだろうか。森川にとって、生殺《せいさつ》与奪《よだつ》の権を握る重要人物――その点で、この河口湖のXと結城荘別館のXとは共通性を匂わせるのである。

《そのXとは、この男ではないか?》

真弓は名刺を瞶《みつ》めた。

森川はこの名刺をポケットへ直接投げ込んでおいたのである。それは、この名刺が極く最近森川の手に渡されたか、または、名刺の主に森川が逢おうとしたものか、どちらかを意味する。もし、以前に入手した、しかも急に利用する用途のない名刺なら、森川は机の引出しへ放り込んでおくか、せめて名刺入れか定期券の間にでもはさんでおいただろうからである。

そんな点でも、この名刺の主がXである可能性は充分に考えられる。名刺は、弁護士のものらしく大型で、紙も上質であった。伴幸太郎という名前も、弁護士にはうってつけの坐りのいい貫禄のあるそれだ、と真弓は思った。

一郵便局員である森川と、弁護士の伴幸太郎が、どんな関係があって名刺の受け渡しをしたのか、現在は見当もつかない。しかし、それはやがてこの切符と名刺が教えてくれるだろう、と真弓はそんな気がした。とにかく今は、『河口湖』という焦点が、闇に射し込むたった一筋の光明であった。

真弓はふと鋭い視線を感じて、そっと上眼遣いに前を見た。眼の前の席にいる若い男が喰い入るように真弓の手許を瞶《みつ》めている。ハッとして顔を上げると、男は鋭い視線を真弓の眼に当てた。攻撃体勢に入った蛇の眼のように険しい眼差《まなざ》しであった。

《刑事――！》

真弓の手足がすっと縮んで、頰から項《うなじ》へかけて総毛立《そうけだ》つ悪寒《おかん》が走った。真弓は膝の上まで露《あら》わになる短めのスカートを、引きおろす仕草を繰り返しながら、控え目に男を観察した。

刑事にしては、男は若過ぎるような感じがした。せいぜい二十五、六であろう。それに服装が派手であり、着こなしも与太者のように崩していた。黒いトレンチコートの前をはだけて、グレイ地に赤の細縞が入った背広の胸ポケットには、クリーム色のハンカチが覗いている。組んだ長い脚の細いズボンの裾から真紅の靴下が見えて、靴は黒のコードバンの新品であった。

大きい眼から飛び出している長い睫《まつげ》、薄手の鼻や唇、蒼白い皮膚などが神経質そうな印象で、刑事特有の逞《たくま》しさや地味な重圧感に欠けている。

《でも、先刻《さっき》の視線は只事《ただごと》ではなかった》

と、真弓は思った。

単調な汽車の旅に退屈して、何の気なしに周囲の人の動作を見守る時がある。だが、真弓の手許に向けられていた男の視線は、そんな生易《なまやさ》しいものではなかった。気のせいかも知れなかったが、何かを探るような、探りながら思索するような、そんな男の眼つきに思えた。

《まさか、伴幸太郎では——?》

真弓はすぐそんな考えを拭い取った。こんな若い弁護士がいるはずはない。では、伴幸太郎の命令を実行する男ではないか、と連鎖的に思い浮かべた。真弓は得体《えたい》の知れない戦慄《せんりつ》を感じた。男を刑事と考えた時の恐怖とは違って、生命の危険に対する本能的な危惧である。

真弓は切符と名刺をバッグにしまうと、顔をそむけて窓を見た。だが、窓の外の景色はまるで眼に映らなかった。空とも山とも言えない平面的な色と影が、窓ガラスを走り過ぎるだけである。全神経は横顔に集って、前の男を監視していた。

余程席を立って、他の車輛へ移ろうかと考えたが、その行動に対する男の反応を見るのが恐しくて出来なかった。

疑心暗鬼だ、男は単なる乗客の一人に過ぎない、よしんば男が何かをしようとしても、白昼のこの人中ではないか――、真弓はそんな呟《つぶや》きを頭の中で繰り返して、落着こうと努力を続けた。

あちこちで眠りから覚めた人々の笑い声がした。網棚から荷をおろす人影が、立ったり坐ったりした。隣の母子連れは折詰めの稲荷《いなり》寿司を喰べ始めた。前の男は腕を組んで啣《くわ》え煙草だった。紫色の煙が、細めた眼と柔かくウェーブのかかった髪の毛をかすめて、真直ぐに立ち上《のぼ》っている。

梁川《やながわ》、鳥沢《とりさわ》、猿橋《さるはし》、と過ぎて、列車が大月《おおつき》駅に到着したのは五分遅れの午後一時三十三分であった。

下車する乗客がゾロゾロと通路に並んで、出口へ向かった。雑多な音や話し声で、車内は俄《にわ》かに騒々しくなった。せかされるような気持を抑えて、真弓はじっと席を動かなかった。列車がホームにピタリと停止するまで、降りる気配を見せないつもりである。男を振り切るのはここが絶好の機会であった。荷物は一つも持ってないから、身軽にそして迅速に行動出来る。発車間際に列車から飛び出そうと決めていた。

下車する客の列は、全く前後の出口へ吸い出されてしまった。スピーカーの声が一段と高くなって、発車を告げるベルが鳴り始めた。真弓は一瞬、眼を男に走らせた。男は悠然と組んだ脚を解こうともしていない。

真弓はフアッと立ち上った。一歩通路へ踏み出すと、後は一目散であった。出口へ向かって突進した。ホームへ飛びおりたところで駅員に衝突したが、真弓は振り向きもしなかった。右往左往する人混みを縫《ぬ》って、富士《ふじ》山麓電鉄の連絡改札口へ真直ぐに駈け抜けると、殺風景なホームに停まっているローカル色豊かな電車が見えた。

真弓はやっと歩調をゆるめた。電車は戸惑《とまど》う程、空《す》いていた。この電車の沿線の土地者らしい老婆や子供が、ところどころにシートを占めている。老婆は大きな四角い荷物を背負ったまま腰かけていた。キョトンととぼけた感じが、三枝子の祖母に似ているな、と真弓は思った。すると、今頃、三枝子の惨死の報を受けて、あの祖母は号泣しているのではないか、と連想した。

「もう生きていられる場所は何処にもないのよ――」

あの三枝子の最後の言葉になった声が、真弓の耳許で囁かれるような気がした。

真弓は耐まらなくなって、視線を子供達に移した。色こそ浅黒く悪戯《いたずら》っぽい顔つきだったが、都会の子供に比較してはるかに行儀がよかった。チョコンとシートに腰かけて、足をブラブラさせながら、前を瞶《みつ》めて動かなかった。

電車は五分後に発車した。ドアが車掌の手によってしめられたのに、真弓は眼を見はった。ドアエンジンでない電車に乗ったのは久しぶりである。これなら、いざという場合ドアを開いて電車から飛びおりられる、と妙な考えを胸に浮かべた。

走り出すと間もなく、窓外の風景は東京の郊外のそれよりも鄙《ひな》びた。線路際にポツリポツリと人家の屋根が見えるだけで、視界の殆《ほとん》どは空と山と畠であった。真弓は故郷の群馬県前橋在を思い出した。土地の渇き工合が、そっくりのような気がする。

何かゆったりとした気分になった。誰も人がいなかったら、座席へ横になってみたかった。真弓は車内を見回した。

「あッ！」

真弓は立ち上って、慌てて口を抑《おさ》えた。同じ車輌の最後尾に、黒いトレンチコートの男がいたのである。男は、真弓の驚きは計算ずみであったのか、週刊誌を読んでいる顔を上げようともしなかった。

男は真弓が席を立つまで、列車から降りる素振《そぶ》りを見せなかった。そのくせ、発車間際の列車から降りて、真弓の後から、この電車のそれも同じ車輌に乗り込んでいる。男の目的が、もう被害妄想でも何でもなく、真弓を尾行する事にあるのは間違いなかった。

真弓は、空《から》っぽになろうとする頭の中に縋《すが》る一点を求めながら、

《よし、そっちがその気なら——！》

と、男の素知らぬ顔を睨《にら》みつけた。

真弓は連れを作るつもりでいた。連れがいれば、男の出方もある程度は牽制《けんせい》されるはずである。真弓は車内を物色した。土地の人や子供達では相手になってくれないだろうし、彼等の降りる駅に着けば、そこで別れなければならない。旅行者らしい男が二人ばかりいるが、見知らぬ男にどんな都合があるか分らない。行先で女が待っているのかも知れなかった。

真弓は女を探した。若い女は中程のシートにたった一人いるだけだった。淡い水色のス

プリングコートを着て、同系色のネッカチーフで頭を包んでいる。脚の脚線の美しさといい、踵《かかと》三寸のハイヒールをはきこなしている垢抜《あかぬ》けのした容姿は、都会人のそれであった。

真弓は逡巡《しゅんじゅん》しなかった。その女の隣へ腰をおろすと、女の耳へ口を寄せた。

「失礼だけど、何処まで行くんです？」

女は無言で真弓を見返した。馴れ馴れしくぞんざいな言葉をかける——と言いたそうな表情だった。品よく整った顔立ちが日本人形のようであった。気位の高そうな冷たさと、泣いた後のような憂いが、その表情の陰影となっている。年齢は二十七か八かだろう、と真弓は見て取った。

「妙な男に尾《つ》けられてるの。よかったら御一緒願えませんか」

女が迷惑そうな顔をしようとしまいと、真弓は斟酌《しんしゃく》していなかった。

「どうぞ」

女は頷《うなず》いた。承諾は言葉の上だけである。女は親しみを示すような顔の動きを見せなかった。眼も唇も凍《こお》りついている。他人の困窮に関心はないが、拒否する理由もないという態度であった。

「助かった。あたし河口湖まで行くの」

「あたくしもです」

あたくし、と来た——真弓はそう思った。会社の同僚が人前へ出ると、よくこの『あたくし』を連発するのを耳にした。そんな時、真弓は意味のない虚栄だと腹の中でせせら笑ったものである。だが、この女の『あたくし』は板についていた。そう言わないと、かえって可笑《おか》しいようであった。

《ブルジョアの令嬢かな——?》

真弓は、女の繊細な中指にサファイヤらしい石の嵌《は》まった指環がおさまっているのを見た。

「東京から、なんでしょう?」

真弓は指環から眼を離さずに言った。

「はあ。あなたもそうですか?」

「そう。じゃあ河口湖まで一緒に行って貰えるわね」

女は返事をしなかった。その代りに、初めて真弓の方へ顔を向けた。

「あなたは河口湖まで、何しにいらっしゃるんです?」

「え……?」

若い女が一人で、手ぶらでシーズンオフの富士五湖へ出かけて来たのが、女には不思議だったのだろう。

「つまり、ただ何となく行くだけだわ」

真弓は返答に窮して、そう口から絞《しぼ》り出した。

「あなたは？」

真弓は、一応女に敬意を表して『あんた』と呼ばずに『あなた』と言った。

「あたくしは旅行ですわ、文字通り」

女は脇にあった小さなボストンバッグを示した。相変らずニコリともしなかった。

「用があって？」

「さあ……」

女は眼を伏せて、組み合わせた指を見た。それっきり二人の会話は途絶《とだ》えた。女は喋《しゃべ》る事を好まないらしいし、真弓も二人連れにさえなっていられれば、肩が凝るような話を続けるのは不得手であった。

全てが単調であった。電車はのんびりと桂川《かつらがわ》に沿った渓谷《けいこく》を走り続けている。小さな駅に停まる都度《つど》、降りる客と略《ほぼ》同数の人が乗り込んでくる。車内の光景も、走り去る山肌や田畠の風景も変らないままに、時間だけが経過する。

やがて、雲の中から流れ出た富士の裾野が展開された。三《み》ツ峠《とうげ》登山口、という大きな看板が見えた頃、真弓は暫時《しばらく》、旅行気分に捉われた。東京での警察の動き、三枝子の死、それに黒いトレンチコートの男の存在すら忘れて、昨日も明日もない静止した現在に没入した。

電車が河口湖に着いて、真弓は現実の意識に引き戻された。女は、真弓を無視したようにさっさと電車を降りた。真弓は黙ってピッタリと女の脇に身を寄せるようにして続いた。

空気が冷たかった。青い空の部分は澄みきっていたが、部厚い雲が幅広くそれを遮《さえぎ》って遠く山肌に影をおとしている。

駅の前は、一面砂利のだだっ広い広場であった。人はいないのにバスだけが幾台も並んでいる。真ン前に、食堂兼食料品屋のような店があって、人影がチラついているのはそこだけである。

「お食事は？」

女が独り言のように言った。

「何も喰べたくないわ」

「そう。この辺は肉うどんっていうのが盛んのようですわ。手うちの平べったいうどんなんですの」

こんな事を口にしながら、女の顔は少しも綻《ほころ》びなかった。何かつきつめたような、そして回想するような面持《おもも》ちであった。

「お早いお着きで。御予定はあるんでございましょうか？」

背広姿の背の低い男が、そう声をかけながら近づいて来た。手にはパンフレットを持っている。旅館の客引きであった。

どうする？　というふうに女は真弓に振り返って、

「あたくし、長浜《ながはま》まで行きますわ」

と言った。

「あたしも、そこへ行くの」

真弓は、長浜という所が何処であるか知らなかった。だが、黒いトレンチコートの男が尾けて来ているからには、ここで女と別れたくなかった。

「そう。では行きましょう」

何か言いたそうな客引きに背を向けて、女はハイヤーの溜《たま》りへ向かった。歩きにくい砂利道に真弓は二度三度腰をふらつかせたが、女の後姿は少しも崩れなかった。その歩き方だけで上客と判断したのだろう、ハイヤーの運転手が飛び出して来て、車の扉を開けた。

女は馴れた物腰で、座席におさまった。

真弓は車の中へかがむように身を入れながら、横眼で背後を窺《うかが》った。駅の前につっ立っている黒いトレンチコートの男が見えた。

《あたしの行方を見定めようとしている》

真弓はそう思った。

「いかが……?」

と、女が銀色のシガレットケースを差し出した。フィルターつきの煙草が詰まっている。

「どうも――」

口にした事のない煙草であったが、真弓はすってみようという気になった。

女はライターで火を点《つ》けると、細く煙を吐き出しながら言った。

「運転手さん、長浜ね」

車は動き出した。

2

ハイヤーは河口湖畔をハイスピードで走った。道は湖の凹凸《おうとつ》に従ってウネウネと曲折している。長浜は河口湖町の対岸にあり、この道伝いに湖の半周を迂回《うかい》しなければならない。

季節はずれの湖上にはヨットやボートの影もなく、六・一三平方キロメートルの湖水は、秋の日射しを受けて巨大な鏡のように拡がっていた。

真弓はハイヤーから湖を眺めた。

この湖の周辺の何処かに、二日前あの殺された森川昭司が足跡を残しているはずである。誰と一緒に何の為だったかは分らない。しかし、せめて森川が河口湖畔の何処に足をとどめたものか突きとめられたら、彼がどんな理由で何者に殺されたか、解明する端緒《たんしょ》となりそうな気がする。

折角ここまで来ながら、それを探る事も出来ずに黒いトレンチコートの男の眼から逃れようとして時間の空費を重ねるのが、真弓には焦《じ》れったかった。あの男と警察――真弓は腹背に敵を受けた感じであった。

《危険は脹《ふく》れる一方だ》

真弓はそう思う。傍《かたわ》らの女だけが唯一人の味方のような気がした。

世間一般は、既に殺人容疑者となった真弓を人間扱いしてはくれまい。兄の修平も、今頃は早く自首して出るように真弓に呼びかける側に回ってしまったかも知れない。事実を知っているたった一人の人間三枝子は死んでしまった。残された真弓は、ひどい皮膚病にかかった捨て犬のように、拾い手もなく孤独であった。

だがこの女は、表面こそ冷淡だが、真弓を迎え入れてくれる、同病者の好意のようなものを感じさせる。真弓に関して何も知らないからだろうか。たとえ知っていても、無理に真弓から遠ざかろうとしないのではないか。女の陰気な翳が、今の真弓に相通ずるものを響《ひび》かせるのだ。

長浜に到着した。ハイヤーは旅館の門の中へ滑り込み、玄関の前でホーンを鳴らした。金を出そうとする真弓の手を抑えて、女はチョコレート色の革バッグから五百円を出し、運転手に支払った。

旅館はこの一軒だけのようであったが、空家のようにガランとしている。やがて、小走りに現れた女中が板敷きに額《ひたい》をすりつけるような、丁寧な挨拶をした。

「その節はいろいろとお世話になったわね」

と、女が沓《くつ》脱《ぬ》ぎに足をかけた。女中は驚いたように顔を上げた。それに愛想以上の輝きが走った。

「あら、奥様！」

《奥様――？》

真弓は女を見た。

どこか落着いた物腰が、人妻と言えばそのようにも思わせる。だが女の例の翳が、人妻という安定性には程遠い、懊悩《おうのう》を抱く人の感じであった。それに、容姿といい言語といい生活人の逞しさに欠けている。指環さえも中指に嵌《は》めてあった。

「私どもの方こそ、過分な何を頂戴致しまして」

女中は改めてもう一度、お辞儀した。

「今日で十日になるの。せめて初七日に来たかったんだけど」

女は靴をぬぎかけたが、それをやめて言った。

「はあ。もうそんなになりますか？」

「今夜一晩、お世話になるわね」

「有難うございます。お風呂もすぐ仕度《したく》致しますし、夜分冷えますようですから、お炬燵《こたつ》の用意致しましょう」

「じゃあ、明るいうちに西湖《さいこ》へ行って来てしまうわ」

「お車を呼びましょうか？」

「歩いて行きます。ただ花束を用意して来なかったから、出来たらお花を買いたいわ」

「かしこまりました。少々お待ち下さい」

真弓は、女と女中の会話を背中で聞いて、玄関の外を眺めていた。湖が一望に出来て、春にはさぞ素晴しいだろうと偲《しの》ばれる見事な桜の古木が、湖の岸辺から旅館の前庭まで連なっていた。

女が極く最近にこの旅館へ来たことがあるのだ、とは容易に察しがつく。だが、初七日とか花束とかいう言葉が、真弓には気になった。人間の死に関連がある言葉である。いずれにしても、女がここへ来たのは凶事に関する仔細《しさい》があってのことらしい。真弓は自分の方から訊き出すのは遠慮して黙っていた。

女中から小さな即製の花束を受け取った女は、静かに真弓を振り返った。

「あなたも、西湖へ行ってみます？」

「ええ。行ってもいいなら」

「あたくし達の足でも、歩いて三十分ですわ」

そう言いながら、女は女中に千円札を押しつけた。女中は尻ごみするようにして、それを受け取った。

「有難うございます」

「お花代よ」

女は、真弓に対する時と女中に言う場合と、言葉遣《づか》いをはっきりと区別した。たとえ、真弓が口のきき方も知らない小娘であっても、女は対等以上の言葉遣いであった。こんなところは、人を使いなれている上流階級の、金によって動く者と動かない者に対する感覚が滲《にじ》み出ていた。

旅館の前から、ハイヤーで来た道をほんの少し引き返すと、二叉《ふたまた》に別れている。右へ入って、道は一直線に上り坂になり、その両側には点在する農家、一棟校舎の小さな学校、それに神社などがあった。

上り坂を行くに従って、山の地肌が迫って来た。谷間も次第に深くなる。二人を物珍しそうに見送っていた子供達の姿も、やがて消えた。

山腹の樹林を吹き抜ける風の音が、聴覚を麻痺させるような静寂を呼ぶ頃になると、周囲は山川草木だけとなり、二人だけが動いている生物であった。それが心を安らぎに誘うような、逆に理由のない不安を掻き立てるようにも、真弓は感じた。

二人はゆっくりと歩いたが、間もなく女は喘《あえ》ぎ始めた。道は山腹を切り開いた急勾配《こうばい》で、バスも通れる幅ではあったが、表面の凹凸がハイヒールには無理な悪路だった。

女の蒼白い頬に赤味がさしていた。それが彼女を、胸を病む少女のように清純に見せた。

真弓は大して息も切れなかった。後《うしろ》から女の背を支えるようにして歩いても、負担は感じなかった。

「あなた、とても奥さんなんて見えないな」

真弓は、女の白い項《うなじ》を瞶《みつ》めて言った。

「そうかしら。でも、今のあたくしには夫がありませんもの」

息切れの為に、女は言葉を幾つも区切って答えた。

「ついこの間までは、人妻でしたけど――」

「ああ……」

そうか、と言いそうになって、真弓は慌てて口を噤《つぐ》んだ。

《未亡人――》

女の夫は最近死んだのに違いなかった。初七日も花束も、その意味が分った。だが、未亡人になったことを、簡単に納得《なっとく》してしまうのが悪いみたいな気もするし、同情の意を示す為にも返事をしない方がいい、と真弓は考えた。

道が頂点に達すると、トンネルが口を開いていた。トンネルと言っても岩壁を刳貫《くりぬ》いたもので、中には岩塊《いわくれ》がゴロゴロ転っていた。

「これを抜けると、西湖なんです」

と、女は立ちどまって肩で息をした。ポッカリと出口が見えて、吹き抜けてくる風が冷たく烈《はげ》しかった。

犬の鳴く声が、トンネルに反響した。出口のところで、大きな日本犬が首を振り立てて吠えている。

「そこの休憩所にいる犬で、人がトンネルへ入ってくると吠えるらしいんですの。歓迎のつもりだそうですけど、人懐しいんでしょうね」

女が問わず語りに説明した。

トンネルを出ると、視界が一度に開けた。周囲は山であるが、茫漠《ぼうばく》たる西湖の水と鬱蒼《うっそう》とした樹海が、山間を広大に感じさせた。

面積こそ小さいが、西湖は河口湖にくらべてはるかに幽玄味豊かである。俗化の程度によるものか、河口湖をカラー写真とすれば、西湖は墨絵であった。

右側の山裾に一塊りの人家があったが、人気《ひとけ》はまるで感じられなかった。

湖水の対岸は雲に被われたように霞《かす》んで、黒々とした樹海と溶け合っていた。水面も、突き出た岩鼻も、そして寒々とした岸辺の畠も、空の明るみを遮《さえぎ》る山岳の影に秘密的な暗さを帯びていた。

二人は、畠の間の道を通り抜けて湖水に近づいた。

朽《く》ち果てたボートの残骸が転っている。荒い砂地に靴跡がないのが、久しく旅行者が足を踏み入れていないことを物語っている。女は先に立って、湖の左側を岸辺伝いに歩いた。

間もなく道らしい道が失《な》くなった。道路工事が一時中止になっているようである。ゴツゴツした岩をよじのぼり、湖水へ突き出ている小さな岬を一つ過ぎると、再び浜辺のように砂地が続く。

「キャンプ場ですわ。夏は混むんでしょうけどね」

女が指さした。

左手に、小屋が沢山並んでいる。横転したままのも、半壊しているのもあった。荒涼とした無人のキャンプ場は、夏季の若い男女のキャンプ風景を想像させなかった。

砂地が切れると、また岩塊であった。岩は積み重なって高く、足場にも乏しかった。今度は真弓が先に立った。女の手を取って、岩の一つ一つを引っぱり上げる。ハイヒールの表皮がささくれて、踵《かかと》はしばしば宙を蹴った。

岩の頂《いただ》きに辿《たど》り着くと、岬に隠されていた湖水の一部が見えた。これで、右から左へ視線を走らせれば、西湖の全貌を見渡せるわけであった。

八メートル程の岩壁の下に水面があり、岩を嚙んで海のように波が寄せていた。

「あたくしの夫は、十日前の夕暮れに亡くなりました」

女が、思い出したように言った。

「恰度《ちょうど》今、あたくし達が立っている、この岩の上から湖へ落ち込んだのです」

女はコートのポケットへ手を入れていた。そして、その声は感情を殺した、口調は淡々としたものだった。眼を湖上に向けていたが湖水の何処を見ているのか、分らなかった。

真弓は、何故かゾッとした。

女の横顔は、憂愁をたたえながら美しく整い過ぎていた。哀惜《あいせき》の情にかられているのか、妻の義務として夫を追憶しているのか、摑みようがなかった。

見知らぬ他人と言える真弓に、こんな話をして聞かせるからには、女は夫の死を打撃として受けているのだろう。だが、女は涙一滴見せずに、言葉にも情の流動が感じられなかった。

真弓は、女に不思議な雰囲気があるのを感じ取った。それは、一種『魔性』であった。

《この女には、何かある――！》

真弓はそう思いながら訊いた。

「自殺だったんですか？」

女は微《かす》かに首を振った。

「自殺する理由はありませんの。夫は今度引き受けた仕事の書類調べに、あの長浜の旅館に滞在してましたの」

「あなたも一緒に？」

「いいえ。あたくしは東京で留守番をして居りました。夫は独りで五日程あの旅館にいたのです」

「じゃあ、過失死？」

「この土地の警察ではそう解釈しました。夫はお酒を飲んでから西湖へ散歩に行くと言って旅館を出たそうなのです。自殺する理由もないし殺されたわけでもない。そして死因が心臓麻痺で、不審な点もない、となれば、やはり誤って湖へ落ちた、と考えるより仕方がないのでしょう」

「へえ、溺死じゃなかったの？」

「心臓麻痺が先だったのですね。でも、夫は全然泳げませんから、どっちにしても助からなかったのでしょう」

女は、夫の死を語りながら少しも取り乱さなかった。足許に置いた花束を取り上げると、あっさり湖水へ投げ捨てた。花束は水面まで届かないうちに四散して、一本ずつ水に呑まれた。

夕暮れには間があったが、既に西湖全体に暗さが増していた。雲が低くなり、霧がかかるのか肌がしっとりと冷えて来た。俄かに強まった風に、女のネッカチーフが震えるようになびいた。

女は瞑目《めいもく》して動かなかった。

3

旅館へ戻ると、風呂の仕度が出来ていた。女は入りたくないと言うので、真弓は一人で階下の風呂場へ行った。一人で入るには勿体《もったい》ない大きな風呂だった。

まるで真弓一人の為に沸《わ》かしたようなもので、髪の毛一本浮いてない湯舟であった。真弓はのびのびと肢体を浮かせた。

《この前風呂に入った時は、お三枝と一緒だった――》

と、真弓は思った。

今こうしていると、三枝子の死が嘘のようである。不意にガラス戸が開かれて、裸の三枝子が、入るわよ！　と言いながら飛び込んで来そうな気がした。

それにしても、真弓は人間の死に縁があり過ぎる。森川の死、三枝子の死、そして今日妙なきっかけから知り合った女の夫は、十日前に死んだという。

偶然にしても重なり過ぎる。もしかするとこれは偶然ではなく、真弓自身が『死』と『死』の連繋を辿《たど》っている結果の必然かも知れない――と彼女は考えた。

森川の死が出発点である。それが真弓に河口湖行きを促《うなが》した。途中で同じ目的地へ向かう女と知り合い、その結果として、あの女の夫の死を耳にしたのだ。こうなれば、森川の死と女の夫の死は、真弓を媒介として因果関係にあり、単なる偶然とは言い切れない。もう一歩押し進めて、これを必然と考えるならば、森川の死と女の夫の死は一つの環《わ》の中にある関連事件ではないか。

《あたしは、あの女を疑っている》

真弓は苦笑した。

数時間前までは唯一の味方のような気がしていた、あの女である。だが、それは豹変《ひょうへん》して、今度はあの女から何かを探り出そうとしている自分が可笑しかった。

真弓は立ち上った。湯が彼女の肌を滑り、ザアッと飛沫《ひまつ》をあげて溢れた。

女は、食卓の前に静座していたが、湯上りの匂いを振り撒《ま》いて入って来た真弓を見ると、

「あなた、お酒を召し上ります?」

と、訊いた。

「召し上るなんてもンじゃないな。飲むって言った方がピッタリだわ」

「そうでしょうね、近頃の若い方だから。あたくしも少し……ですから、用意させましたわ」

見ると、女の脇にある盆に銚子《ちょうし》が三本ばかり並んでいて、火鉢の鉄瓶の湯が煮えたぎっ

ていた。

「不思議な御縁で一晩を一緒に過しますのね……。その記念におひとついかが？」

と、女が燗《かん》のついた銚子を手にした。右肩をやや落した女の酌《しゃく》のポーズは優雅であった。丹前の袖《そで》からこぼれた二の腕の白さが、女の真弓にも色っぽく感じられた。

「あたし、マサ子っていうんです。どうぞよろしく」

真弓は咄嗟《とっさ》に偽名を思いついて口にした。

「早苗《さなえ》と申します。あたくしの方こそ――」

二人は盃を乾《ほ》した。

「旦那さんの家《うち》を出るつもりですか」

真弓が酌をしてやりながら訊いた。

「ええ。夫に少しばかり遺産がありますの。ですから、夫の肉親達もとやかくうるさいですし、遺産分配を受けたら夫の家を出るつもりですわ」

「賛成だな。未亡人なんてつまらないもン。自由になって大いに楽しむんだな」

「今の人って、そう簡単に割り切れるから羨しいと思いますわ」

「割り切るんじゃなくて、それが当然よ」

「そうでしょうかしら」

「大人達の方が割り切ってるな。あたし達には割り切れない。だから苦しむ。苦しむと大人達は無節操だとか非常識だとか非難するのよ」

「そう。あたくし達は諦《あきら》めによって割り切っているのかも知れませんわね」

「あたしにはよく分らないんだけど、結婚の殆どが妥協なんですってね」

「と申しますと？」

「例えば、あなたの結婚なんかも、妥協結婚だと思うな」

「どうしてでしょうか？」

「だって、率直に言ってさ、あなた、旦那さんが死んだ事をあんまり哀《かな》しんでいるとは見えないもン。つまり、あなたは旦那さんを好きじゃなかったんだ」

「そうですわね。確かにあたくし、夫を愛しては居りませんでした」

早苗は頰に手を当てた。眼の縁が薄桃色に染まっている。

「そういう旦那さんと結婚したのが、即ち妥協よ」

「あたくし、夫の事務所で働いてましたの。そのうちに夫からどうしても結婚して欲しいと申し込まれまして——。あたくしも、何となく承諾してしまったんですわ」

「へえ。とても理解出来ないや」

「あたくしは無我夢中だったんですのね。夫と年齢《とし》が離れ過ぎていることに気がついたのも、結婚してからだったんです」

「旦那さんと幾つ違い？」

「あたくしが二十九、夫は五十六ですの」

「そんなに？　旦那さんって、商売何をやっていたんですか？」

「夫は、弁護士でしたわ」

「弁護士！」

真弓は、わかさぎをむしっていた箸を引っ込めた。

「どうかなさいまして？」

と、女が訊いた。

「いいえ、別に……」

慌てて頭《かぶり》を振りながら、真弓は、

《これも偶然の一致だろうか――？》

と、繰り返し胸の中で呟《つぶや》いていた。

森川のポケットにあった『伴幸太郎』という名刺の肩書は弁護士である。そして、早苗の死んだ夫も弁護士だった。弁護士は多勢いる。伴幸太郎と早苗の夫を同一人物と決めるのは早計であろう。しかし、森川の死と早苗の夫の死に繋《つなが》りがあるのではないか、と想定した真弓にしてみれば、森川のポケットから出た名刺の人物と早苗の夫の職業が同一であったことを、二重の偶然として片づけられない気持だった。

いっその事、早苗の夫の名前を尋ねてみようかと思った。だがそれは危険であった。もし早苗が警戒を感じたら、夫の名前は愚か、これから訊き出そうとすることさえ、口にしなくなるだろう。

それより、明日にでも旅館の女中から訊いた方が賢明だ、と真弓は考えた。早苗の夫はこの旅館に滞在していたのだし、変死によって警察がタッチしているからには偽名は通用しない。旅館では、早苗の夫の本名を知っているはずだった。

「旦那さん、何の為に夕暮れの西湖なんかに出掛けたのかしらね」

と、真弓は話題を変えた。

「そうなんですの」

早苗は三本目の銚子に手をのばしながら、頷《うなず》いた。

「旅館の下駄をはいて行ったのだそうですけれど、下駄でもってあんな岩をのぼったりおりたりして、どうして西湖のあの突端まで散歩したのか、分りませんわ」

「湖へ落ち込んだところを、目撃した人がいるのかしら」

「一人もいないんです。翌日、紅葉台《もみじだい》へモーターボートを走らせていたあの土地の少年が、偶然死体を発見してくれたんです」

「落ちた場所があの岩の上だったってことはどうして分ったんですか」

「下駄が片方、岩の途中にあったし、夫の眼鏡が岩の下から突き出ている木の枝に引っかかっていたんですの」

真弓は眼を伏せて盃を口へ運んだ。疑惑の断片が寄木細工のように、少しずつ一つの形をなして来たのである。

早苗には、夫の死を悼《いた》むより、むしろ歓迎する要素の方が多いのではないか。愛していない夫、遺産分配――夫の死は一石二鳥である。

《早苗が夫を殺したのではないか――？》

無理に早苗を殺人者に仕立てるわけではない。ただ、森川の死と早苗の夫の死を結ぶ直線を感ずる以上、その死を変死として素直に受け入れる気になれないのである。一つの殺人が二つ目の殺人を生む――これは往々にしてある事だ。

突然、早苗が能面のような表情を、初めて崩した。皮肉な薄笑いを口許に走らせたのである。

「あたくしにアリバイがあったからよかったものの、そうでなければ、夫の肉親達は、あたくしを夫殺しの犯人と思いたかったでしょうね」

勝者が敗者を見下す時のような、早苗の冷笑が続いた。

「あなたも、ひょっとしたら、あたくしが殺したのではないか、ってお考えになったんじゃありません？　夫は変死、そして夫の死を期待していた妻――だなんて」

「厭だな、あたし、そんなふうに考えてもみなかったわ」

真弓はギョッとしながら、そう答えた。

西湖のほとりで早苗に『魔性』を感じたが、事実、読心術のような異常に鋭い神経を持っているのかも知れない、と思った。

「夫には是非一緒に行こうと誘われたんですけど、あたくし、東京へ残ってよかったと思ってますの。夫の死亡時間は、十月二十三日の夕方五時頃と推定されましたが、その晩、あたくしはお客様を三人もお迎えしていて、一歩も家から出て居りませんの。完璧なアリバイでしたから疑問の余地もないでしょうけど、もしその頃、あたくしが一人で過していたら、犯人扱いされたかも知れませんわ」

早苗は、華奢《きゃしゃ》な軀をクネクネと動かした。酔いが幾らか回ったのかも知れないが、言葉つきは依然として乱れなかった。こんな話をしていながら、丁寧に整った言葉を忘れない早苗が、冷静を通り越して、冷酷な人間に思えるのである。心持ち坐って来た眼に、真弓は凄味さえ感じた。

「大分、冷えますのね」

と、早苗は肩を震わせた。

「そうかしら、あたしは感じないわ」

「南国生まれですから、寒さには弱いんですわ」

「何処なんです？」

「伊豆の下田ですわ。女学校時代まで」

早苗は吸物に口をつけた。いつの間にか、盃はキチンと卓上に伏せてあった。

襖《ふすま》が開いて、女中が入って来た。

「奥様はもう充分に存知上げて居りますが、形式だけでございます。お願い致します」

と、女中は紙片と鉛筆を早苗の前へ押しやった。宿泊者名簿である。

「ああそう」

早苗は気軽に鉛筆を取り上げた。

「間もなく今の姓とはお別れだけど、今ので書いておくわね」

鉛筆を走らせながら、早苗はそう言った。

真弓は絶好の機会だと思った。盃を乾しながら、流し眼にさりげなく紙片を捉《とら》えた。

『東京都港区――』住所はそこまで読み取れたが、それ以下は字が小さくて見えなかった。

早苗は行を変えると、やや大きな字で、こう書き込んだ。

『伴早苗　無職　二十九歳　他一名』

4

旅館の朝は早かった。

ガラガラと廊下の雨戸をくる音に、真弓は目を覚ました。

目が覚めた瞬間に、ここは何処だろう、と考えて、次に留置場の中でないことを確かめると、初めて軀を起した。追われる者の悲哀と苦笑してはいられなかった。こんなことが続いていると、自分が本当に犯罪者のような錯覚を抱きそうであった。

何時《なんじ》だろうか、と腕時計の入っているバッグに手をのばして枕許を探った。

だが、手はバッグに触れなかった。眼で確かめると、バッグは衣桁《いこう》掛けの下にあった。

昨夜、バッグを枕許に置いたはずなのに、と思いながら真弓はそれを引き寄せた。

隣の布団に眼をやると、布団も枕もキチンとしていて、早苗の姿だけがなかった。時計は八時を指している。

真弓は起き上った。丹前の帯をしめながら部屋を出ると、雨戸と取っ組んでいた女中が振り向いた。

「お早うございます」

「奥さん、洗面かな」

「いいえ、奥様は三十分程前にお帰りになりました」

「帰った？」

「はい」

《逃げたな！》

と、真弓は直感した。

「奥様は何もおっしゃらずにお帰りになったのですか？」

女中が戸惑ったように訊いた。

「あたしには何も言わなかったわ」

真弓は、磨《みが》きこまれた廊下に映る女中の影を瞶《みつ》めた。

早苗は何故逃げたか。真弓が煩《わずら》わしくなったのだろうか。それとも今朝早く、この旅館を出るのは予定の行動であったのか。

「三十分前って言ったわね？」

「はい」

「車で？」

「いいえ。ブラブラ歩きながら行く、とおっしゃいまして——」

「じゃあ、まだ河口湖の町まで行ってないわね」

「はあ、多分」

真弓は早苗を追うつもりでいた。早苗の死んだ夫は伴幸太郎だった。そして伴幸太郎の名刺が殺された森川のポケットにあったのである。最早、伴幸太郎の死は森川の死に無関係でないことは明白であった。早苗を逃がすことは、折角ここまで手繰《たぐ》り寄せた手蔓《てづる》を断ち切られることになる。

「大至急、車を呼んで。それから会計もね」

「昨夜のお会計は、奥様がおすませになりましたが」

「そう。じゃ車を急いでね」

早苗は、真弓の分の宿泊料も払って姿を消した。一体どういうつもりなのだろう。若い真弓の宿泊料など負担するのが当然、というプチブル趣味なのか。それとも、これ以上真弓とは同行しない、という区切りを見せつけたつもりか。

早苗が『伴』という姓を宿帳に書き込んでからは、真弓は極力、早苗に立ち入って興味を持っている素振りを見せなかった。だが、あの勘の鋭い早苗のことである。真弓が何かを探り出そうとしている、と感じ取って、あたらずさわらずにそっと離れて行ったのかも知れない。

　真弓は旅館を出た。

「あの人の旦那さん、伴幸太郎っていうんでしょ？」

　見送りに来た女中にそう訊いた。念の為である。果して女中は大きく頷《うなず》いた。

「左様でございます」

「奥さんの旧姓を知ってる？」

「はい、今朝お帰りになる時、今度くる時は雨宮《あまみや》早苗でくるわね、っておっしゃいましたから、恐らくその雨宮が旧姓なんではございませんか？」

　分別臭そうに女中は言った。この女中は、若いのか年輩なのか見当のつかない顔をしていた。

「雨宮──か」

　真弓はドアを開いて待っている車の方へ歩いた。

　車は黄な粉のような砂塵を巻いて走り出した。河口湖は昨日よりも明るかった。水面に反射する光線が車の中にまで映えていた。

「今朝の富士は綺麗でしたよ」

運転手が言った。

「そう。見てみたかったな」

真弓は、湖上を眺めた。鈍く光っている水面に一筋、波立ちが長く尾を引いていた。その筋を追ってみると、一台のモーターボートが水を割って疾走していた。ボートには二つの人影があった。男と女だった。

《早苗だ——!》

真弓は窓ガラスに顔を押しつけた。

淡い水色のスプリングコートと同系色のネッカチーフに見覚えがある。早苗は男と運転席に並んでいた。男の腕が早苗の肩を抱いている。朧《おぼろ》げだが、真弓の視力はそう判断した。早苗が仰向《あおむ》いて笑っているのが見えた。

《あの女が笑っている!》

真弓は驚いた。昨日の早苗は、黒い喪服がピッタリと似合う未亡人のように慎《つつま》しやかであった。真弓にはついぞ白い歯を見せなかった。その早苗が、今は男の腕の中で楽しそうに笑っている。もっと近くにいれば、その笑い声さえ聞こえたであろう。

今日は夫が死んで十日目のはずである。夫が死んだ西湖から程近いこの湖上で、男と戯《たわむ》れている早苗。真弓には彼女の正体が分ったような気がした。

ボートは湖の中央へ向かってターンした。

「ねえ、もっと急いでくれない？」

真弓は運転手の肩を指先で押した。

「これ以上は駄目ですよ」

「あのモーターボートに乗っている人をつかまえたいのよ」

「お知り合いですか？」

「そう」

「いや、あのボートだったら大丈夫ですよ」

運転手は湖上を見もしないで言った。

「行先は分ってます」

「どうして？」

「あのボートは、清湖荘《せいこそう》ホテルのボートですからねえ。清湖荘ホテルのボート場へ帰るに決まってます。それに、あの男の方は清湖荘ホテルに泊っているお客さんですよ。昨日、私が車で案内したんですから」

「よくその客だってことが分るわね」

「いえね――」

運転手は帽子のひさしに手をやってから言った。

「先刻《さっき》、あなたをお迎えにくる途中で、あのボートが岸へ近づいて来たのを見たんです。あの女の方が岸に立ってましてね、早く早くというように手を振ってたんですよ」

これで、今朝早苗が車を呼ばなかった理由が分った。ブラブラ歩いて行くというのは、男のボートが迎えにくるのを待つ為だったのである。

男も昨日から清湖荘ホテルに泊っていたという。今朝、岸辺の何処までボートで迎えにくるか、早苗とは打ち合わせずみであったに違いない。

すると、その男は一体誰なのか。

「その清湖荘ホテルのボート場近くへやってね」

「はい。車の方が早く着きますよ。ほら御覧なさい、お二人さんでしばらくボート遊びを楽しむつもりですよ」

視線を湖上へやると、成程ボートは大きく半円を描いて、もと来た方向へ滑って行く。

十五分後に、清湖荘ホテルのボート場へ車は到着した。和洋折衷《せっちゅう》のホテルの裏門から、このボート場へ細い道が続いている。この道と本道路を結んだ三角地には灌木林が拡がっていた。桟橋《さんばし》には幾艘かのボートが繋留《けいりゅう》されてあったが、客がないと見えてボート小屋は無人だった。

真弓は三十分近く、ボート小屋の蔭に立って湖上を瞶《みつ》めていた。早苗達を乗せたモーターボートは、やがて一直線に栈橋へ向かって水を蹴立てて来た。近づいてくるに従って、男の姿がはっきりしてくる。三十七、八だろうか、色の浅黒いスポーツマンのように引きしまった顔である。白いセーターの上にグリーンの背広を着ている。頸《くび》に無造作に巻きつけた黒っぽいネッカチーフがラフな感じであった。

男は巧みにボートを操縦して、栈橋へ接岸させた。エンジンの音がとまると、あたりがハタと静まって、栈橋にヒタヒタと戯れる小波《さざなみ》の囁《ささや》きが耳についた。

男は身軽く栈橋に跳び移って、綱を杭に巻きつけた。男の胸は厚く、背も高い。差しのべた太い腕に縋《すが》って、早苗が笑いながら栈橋へ上った。早苗はよく笑う。笑うとグレース・ケリーに似ている、と真弓は思った。

二人は手をつないで栈橋から上ってくる。早苗の表情の、あの凍りついた冷たさはすっかり氷解していた。男に甘えて、喜々とした女の顔だった。未亡人ではなかった。恋を得て幸福の絶頂にある娘であった。

冷酷で無感動で落着きはらっていたあの早苗が、甘美で情熱的で身も軽《かろ》やかに振舞っている。これ程、人間とは変り得るものだろうか。真弓には、同じ昨日の早苗であるとは思えなかった。

二人が近づくにつれて、真弓はボート小屋の裏側へ徐々に移動した。話し声が聞こえてくる。

「今夜もう一晩ここへ泊ろう。明日は山中湖《やまなかこ》の方へ行ってみないか」

男の声であった。

「明後日には東京へ帰りましょうね。公判のうち合わせがあるんでしょ?」

早苗の若やいだ喋り方である。声にまで艶《つや》があった。

「あ、駄目――」

ボート小屋の蔭へ入った時、早苗の鼻にかかった声がした。

「どうして?」

「人が見るわ」

「大丈夫さ」

二人の押し殺したような声のやりとりがあって、ふっと静かになった。

真弓は片眼だけを小屋の角から覗かせた。背のびした早苗の脚が見えた。その腰のあたりを、男の手が円を描くようになで回している。

真弓は、接吻の実演を見るのは初めてだった。その沈黙が圧倒されるように重苦しく感じて、心臓の鼓動が烈《はげ》しくなる。

長い接吻であった。合間に溜め息が洩れ、喘《あえ》ぐような早苗の短い声が聞こえた。真弓は軀の何処かで、ムズ痒《がゆ》い疼《うず》きを覚えた。

間もなく、二人はホテルの裏門へ向かって歩き出した。早苗は男に寄りかかっていた。その肩を男が包んでいる。

《昨日はまんまと欺《あざむ》かれた——》

二人の後姿を見送って、真弓は呟いた。

早苗が夫の死を望むなら、その理由は遺産ぐらいだろう、と昨日は思っていた。だが、早苗には男があったのだ。それも、夫の死も厭《いと》わない程、早苗を夢中にさせている男である。伴幸太郎はいつかは死ぬ。とすれば遺産はどっちにしろ早苗の手に入る。だから、夫の死を歓迎したとしても、手を下して殺したとするには、遺産欲しさという動機は稀薄であった。

しかし、男となれば別である。恋は待てるものでなく、一日も早く夫から解放されなければならない。ここに、早苗の夫殺しの動機が確立されるのだ。

早苗が男に『公判のうち合わせがあるんでしょ?』と言ったから、男は弁護士であるかも知れない。同業者として、伴幸太郎と往き来するうちに、男は早苗と結ばれたのではないだろうか。

早苗が伴幸太郎を殺したのだ、と真弓は八分通り確信していた。だが、早苗は自分にはアリバイがあると言っていた。見方によっては、行きずりの人間である真弓に対してまでアリバイを仄《ほの》めかすことが、怪しかった。

自然なアリバイがあるならば、それに拘泥《こうでい》する必要はない。アリバイを口にしたがるのは、それが作為的なものである場合だ。

もし早苗のアリバイが確実ならば、あの情夫が伴幸太郎を殺したのだとも考えられる。だが、この仮定は思いつきに過ぎない。法律関係の仕事にたずさわる男であれば、その知性や良識が、恋に狂って人殺しをするという行動を許さないであろう。

それに、殺人現場近くに旅行するのは危険であり、自分が殺した男の妻とそんな場所で密会する無神経さを、男というものは持ちあわせない。

早苗であれば、夫の冥福を祈りに来たという大義名分によって、西湖附近に姿を現しても人の不審は招かないであろう。恐らく、それを口実にして、この富士五湖への旅行に出かけて来たのだ。だから男と、河口湖畔の清湖荘ホテルで落ち合わなければならなかったのに違いない。

まるで表と裏のような二重の仮面を使いわけた早苗である。また、愛欲に狂った女というものは、死んだ夫のベッドで情夫を抱くぐらいの異常なず太さを持つ。目的の為には手段を選ばないのだ。早苗なら、夫を殺したこの地で、男と逢引することを何とも思わないに違いなかった。

男は、伴幸太郎の水死を過失と信じ込んでいるのだろう。早苗の裏面に就いては何も知らないのだ。

そんな事を考えながら、真弓は道路へ出た。鞄を抱えた看護婦を従えて、医者らしい若い男が歩いて行く。すれ違う老人や女が、丁寧に頭を下げる。医者は軽く会釈を返す。いかにも田舎町らしい風景であった。

真弓は喉が渇いていた。何処か冷たい水を飲めそうな店を探した。道路の向こう側に飲食店らしい店がある。看板も出ていないし、のれんも下ってなかったが、ガラス戸に下手な字で『カレーライス六十円』『肉うどん四十円』と書いた紙が貼ってあるので見当をつけた。

店の中は殺風景であった。粗末なテーブルには汁のこぼれたのがそのままであり、ガタガタと不安定な椅子に坐ると尻の下でザラッとする感触があった。

ラジオだけが、甘い女性歌手の流行歌を流していて、人の気配がなかった。

「ちょっと！」

真弓が怒鳴ると、ガラス障子が開いて太った娘が顔を出した。娘は、いらっしゃいでもなし、ノソノソと真弓に近づいた。

「肉うどんっていうの頂戴。それから水と」

真弓は昨日の河口湖駅前での早苗の言葉を思い出して、肉うどんを注文した。

娘は返事もしないで奥へ引っ込んだ。まるで自分の家の台所で作るようであった。

ラジオの歌謡曲が終って、十一時の時報が鳴った。

『昨日の朝中央線吉祥寺駅構内で国電に轢《ひ》かれて即死した娘が、郵便局員殺しの犯人の一人と分りました』

ニュースを告げるアナウンサーの声が、真弓の耳に入って来た。真弓は頬杖をついていた腕をはずした。

『警官に呼びとめられ、慌てて国電の線路内へ逃げ込み、上り電車にはねられて即死した娘が、代々木の結城荘別館で港郵便局員森川昭司を殺して逃げた容疑で手配されている二人の娘のうちの一人に、服装容貌などが似ていると所轄署から報告を受けた捜査本部は、直ちに結城荘別館の女中を呼んで識別させたところ、その一人に違いないことが確認されました。この娘は東京都台東《たいとう》区石浜《いしはま》町十四の疋田三枝子二十歳で、関係者の話からもう一人の方は、三枝子の親友である遠井真弓二十歳であろうと推定されています。遠井真弓は事件以来自宅へも帰って居らず、捜査本部は真弓が犯人の片割れであることを確実と見て居ります』

アナウンサーの淡々とした口調が、真弓にはかえって脅迫感をともなって聞こえた。

ニュースは尚も続けられた。

『二人で前夜、井の頭公園近くの旅館に泊ったことが分り、吉祥寺駅附近で警官が呼びとめた時も二人連れでしたが、三枝子の轢《れき》死のドサクサにまぎれて真弓らしい女は姿をくらましたものです。捜査本部では一応、真弓はまだ都内に潜伏中のものと見ていますが、大金を所持しているし、水商売ですぐにでも働ける若い娘のことでもあり、地方へ高飛びする危険も充分で、この点も厳重に警戒して居ります』

ニュースはここで、アフリカの黒人暴動を伝える外電に変った。

真弓はあたりを見回した。人っ子一人いない澱《よど》んだ空気だった。外は明るい白昼である。のんびりと歩く人の影が、ガラス戸にゆらゆらと映った。

《いよいよ身許が割れたか――》

真弓は、棚にズラリと並んだラムネのビンを眺めた。

警察の追及は厳しくなるに違いなかった。真弓が河口湖に来ているとは、全く推測していないだろうが、手配が厳重になればやがては日本国内何処にいても探索の手が迫ってくる。

急がなければならなかった。

とりあえず、早苗から眼を離さないことだった。彼女が森川殺しの犯人を割り出す鍵となるかならないかは別として、今の真弓にとっては、早苗だけが取っかかりなのである。男と早苗の話では、明日まであの清湖荘ホテルに滞在するらしい。明日の朝までは、どうやら早苗は真弓の手中にある。直接監視する必要もないわけだ。この辺をうろついていては、かえって早苗に気づかれる恐れがある。

《もう一度長浜へ戻ろう》

真弓は肉うどんをすすりながら、そう決めた。

長浜の旅館で明日を待つ。そしてそれからは——真弓は丼から眼を上げた。太った娘が真弓の前につっ立って、物珍しそうに彼女を瞶《みつ》めていた。

5

あんなに晴れ上っていたのに、夕刻近くから雨になった。

旅館の窓から外を眺めると、湖が白々と煙っていた。縮緬紙《ちりめんがみ》のようになった水面は、湖の中程で雨の幕に霞んでいる。肌寒く、そして怠惰な雨だった。

真弓は寝転んで、薄墨色の空を見やった。庇《ひさし》から、一点に寄り集っては伸び縮みして落ちる水滴が、正確な間隔をおいて窓を上下に走った。

自然が主役だった。人間が生きているということが、ひどく空《むな》しい気がする。時間が停滞しているような、現実のエアポケットだった。あたりの静寂が虚無感に輪をかける。江戸時代の虚無――真弓はそんなふうに思った。

あっという間に、外は闇を迎えていた。陰鬱な雨の音だけが、急に耳につき始めた。

真弓は動かなかった。

《横道にそれているのではないか――？》

萎《な》えて行く思考力にぼやけてしまった焦点を、真弓は懸命に捉えようとしていた。早苗の裏面を曝《さら》け出すことが、果して森川殺しの犯人割り出しに直結するだろうか。伴幸太郎の名刺が、その間を結んでいるのに過ぎないのである。

最初は、名刺と切符の手がかりから、十月三十一日に森川が伴幸太郎を訪ねて河口湖へ来たのだろう、と考えた。しかし、伴幸太郎はその七日前の二十三日に西湖で死んでいる。これで、その想定は御破算にしなければならない。

すると、森川は何の為に十月三十一日河口湖まで出かけて来たのだろうか。名刺はいつ誰から受け取ったのかも分らなくなる。伴幸太郎以外の人間が、既に死者となった彼の名刺を森川に手渡したことなど、あり得ない。

森川―伴幸太郎―早苗を結ぶ線は明確でありながら、その具体性は実は混沌《こんとん》としているのである。ただ言えることは、早苗が伴幸太郎を殺し、伴幸太郎の名刺を持っていた森川が何者かに殺された、ということだけであった。

森川を殺したのも早苗だと考えるには、その根拠となるべきものがまだ何もない。弁護士夫人と一郵便局員の間に、抹殺を計るような重大な関係があったのだろうか。だから、恐らく作り上げられたものであろう早苗のアリバイを崩して、伴幸太郎殺しを立証することが、真弓にとって突破口となるものかどうか、甚だ疑問であった。

真弓は迷った。何もかもが謎のベールに包み込まれている。暗中模索《あんちゅうもさく》しながら早苗を追うことが貴重な時間と天秤《てんびん》にかけて、それ程価値があるものだろうか。

ふと、真弓はもう一人何かの手がかりになりそうな人物の存在を思い出した。黒いトレンチコートの男である。昨日、河口湖駅前で真弓を見送っていた時から、一度も姿を見せないが、真弓を尾けて河口湖まで来た男の行動から、満更この事件に無関係ではなさそうである。

「あら、電気もお点《つ》けにならないで」

入って来た女中によって、真弓の思考は遮《さえぎ》られた。

「御退屈でしょう」

女中は食卓にふきんをかけ始めた。もう夕食の時間である。

「そうでもないわ」

真弓は、肩で息をする程せっせとふきんを使う女中の腕の動きを見ながら、ムスッと答えた。

「奥様にお逢いになりました？」

「逢えなかった」

真弓は嘘をついた。もしも真弓の動向を探ろうとして、早苗からこの旅館へ電話でもかかって来た時への配慮だった。

「あんた、あの人に就いて詳しい？」

と、真弓は女中を見上げた。

「さあ……。ほんの短い間お話を承わったことはありますけど」

女中は、腕も視線も、その動きをとめて答えた。

「旦那さんが死んだ知らせを受けて、すぐここへ来た？」

「はい、翌日のお午頃《ひる》には――」

「お骨にして、持って帰ったの？」

「いいえ。旦那様のお母様や弟様が甲府《こうふ》に住んでいらっしゃいまして、奥様とは別に車で駈けつけて来られて、霊柩車を頼んでそのまま遺体を甲府の方へ運ばれてしまいましたから」

「葬式は甲府でやったわけね?」

「そうでしょうねえ」

故人が住んでいた家ではなく、父母兄弟のいるいわゆる実家から葬式を出すのは、地方の旧家などにありがちなことである。真弓はそう合点《がてん》した。

「すると、あの人東京の家には旦那さんと二人きりで住んでいたのかな」

「お子さんもいないし、お手伝いさんと三人きりで淋しかった、なんておっしゃってました」

「旦那さんが死んだ晩、あの人は東京にいて何も知らなかったんだってね?」

「ええ。何でも、検事さんから今度弁護士に転業された方が二人ばかり人をお連れになって、お家《うち》の方へ御挨拶に見えられたそうで、その方達と晩御飯を御一緒になさって、夜遅くまで話し込んでいられたんだとか、おっしゃってましたわ」

「そう……」

早苗は女中にまで自分のアリバイを印象づけようとしている。ますます、そのアリバイに対する疑惑が深くなった。だが一方では、そのアリバイの確実性も増している。同席していた客が、友人とか肉親とかいうならば偽証の場合も考えられる。しかし、早苗よりも夫の方に関り合いのある弁護士仲間が客であったなら、早苗の偽アリバイ成立に協力するはずはない。同時に、元検事の弁護士が早苗の偽装アリバイ工作に誤魔化されたのだとは思えなかった。

東京河口湖間を、殺人を含めて二時間や三時間で往復するのは不可能だ。客があった以上はアリバイ偽装など出来るわけがない。早苗と清湖荘ホテルにいる男が、その客であったとも考えられるが、検事から転業した弁護士ならばもう少し年輩者であるような気がする。

では、早苗のアリバイは完璧なのか。早苗が伴幸太郎を殺したのだと断じた真弓の推理が根本的に狂っているのか。

《分んないや！》

真弓は投げ出したい気持になった。仰向けになって天井を見た。天井には、ところどころシミが妙な形を描いていた。

「お酒をお持ちしましょうか？」

女中がなかば笑いかけながら言った。

「そうね、二、三本」

真弓は酒を飲んで、脳髄や胸の底や骨の関節にこびりついている滓《かす》を取り除きたかった。

「はい、承知致しました」

「今、忙しいの？」

「いいえ、お客様が殆どございませんから」

女中は食卓に食器類を並べ了《お》えて、腰を浮かした。

「お客はあたし一人？」

「いいえ、もう一人いらっしゃいます。やはり、東京からお見えになった若い男の方ですけど――」

事もなげに女中が言った。だが、真弓は両腕をつっ張って上半身を起していた。

「黒いトレンチコートを着た人？」

「さあ、何コートっていうのか知りませんけど、黒いコートを召《め》してらっしゃいました。お知り合いの方ですか？」

「うん？　……ううん」

真弓は曖昧に首を振った。

やっぱり追って来ている。いっそのこと体当りして、こっちから接近を試みようか、と坐りなおした真弓は腕を組んだ。

早苗の線に進展の見込みがないならば、残るのはあのトレンチコートの男だけである。彼の不可解な行動に怯《おび》えているより、進んでその正体を確かめた方が、貴重な時間を有効に使えそうであった。

「ねえ――」

女中に呼びかけるつもりで顔を上げたが、女中の姿はなかった。その代り、襖の前に立ちはだかった男の長い影があった。

「何さ！」

真弓は慄然《りつぜん》として、男を凝視した。男の眼は鋭かった。何かに燃えているようだった。

絡《から》みそうになる舌で、真弓はやっとそれだけを口走った。自分から男に接近しようという決心も消し飛んで、驚きが先に立った。

「用があるんだ」

男が言った。声は意外に静かだった。

「君、矢《や》ノ倉文彦《くらふみひこ》という人間を知っているだろう？」

「知らないよ」

真弓は不貞腐《ふてくさ》れたように肩を聳《そび》やかした。

「嘘つけ！」

「知らないったら知らないんだ」

「それなら何故僕から逃げたんだ?」

「あんたはどうして追っかけて来たのさ！」

「君が逃げたからだ」

　男は襖の前を離れて、真弓に近づいて来た。真弓は本能的に窓辺へ逃げた。大声で人を呼べるという女の防禦体勢であった。だが男は躊躇《ちゅうちょ》なく迫って来た。肩へ両手をかけられると、真弓の大柄な軀は脆《もろ》くも畳の上に崩れた。蒼白い感じの男にしては、強く烈しい力であった。

「あたしを、どうしようっていうのよ！」

　真弓は喘《あえ》ぎながら叫んだ。

「頼む、矢ノ倉文彦に就いて教えてくれ」

「だって、あたしは本当に知らないんだ」

「どうしても白《しら》をきるのか」

「すぐ女中が来るから！」

「畜生！」

男は真弓の肩にかけた手に力を加えた。血管の浮き出た男の顔が、真弓の眼の前にあった。トレンチコートでなく、丹前姿であることが、生々しく『男』を感じさせた。こんな場合であるのに、真弓は異性を意識した。

《殺されるのかも知れない――》

という気持があったが、それも遠い空の彼方から囁かれているようで、死の恐怖よりも、睡魔に襲われた時のような、どうでもいいという虚脱感の方が大きかった。

雨の音が遠のいて行った。

第三章　トレンチコートの男

1

水木隆二《みずきりゅうじ》は、姉の涼子《りょうこ》が列車から転落して死亡したということに疑問を持っていた。

理由は二つある。

その一つは、生来が用心深い性格で、結婚二年目、三十三歳の涼子が、まるで修学旅行の中学生か酔っぱらいのように、雨降る夜の列車のデッキへ出るとは思えないことであった。

涼子は美人ではない。これという個性も特徴もなく、街を百メートル歩けば十人やそこらは必ずすれ違う平凡な女だった。平凡な女によくあるように、涼子の考え方は保守的である。万事に内気で控え目だった。

起居振舞も淑《しと》やかでおっとりとしている。それは人前だけを装っているのではなく、涼子という人間そのものだった。それが勢い、涼子の動作を緩慢《かんまん》にして運動神経を鈍らせた。だから、『動』に対しては慎重に過ぎるくらいであった。

涼子は外出を嫌った。神経をすりへらすからというのがその理由らしかった。むしろ臆病でさえあったのだ。

その涼子と、列車からの転落死とには、ちぐはぐな隔《へだた》りが感じられる。隆二には、病いに臥《ふ》して、畳の上で弱々しい微笑を浮かべながら息を引き取る以外に、姉の死に様《ざま》を考えられなかった。

涼子は、中央本線の浅川《あさかわ》、相模湖間のトンネルの中で、列車から墜落したのである。鉄道公安室の話では、涼子は気分でも悪くなりデッキへ出たところ、雨で濡れていたデッキの床で足を滑らせて列車から転げ落ちたのだろうということだった。

隆二は、横断歩道を行くのにも注意深く左右に気を配る姉が、ノコノコと進行中の列車のデッキへ出て行ったという仮定を認めることが出来なかった。外出嫌いの姉がたまに列車に乗って、気分が悪くなったということは充分にあり得る。だが、そうだとしても姉はトイレへ入って気持の治まるのを待ったのではないか、と隆二は思った。不可避の事故は別として、涼子は事故の起りそうな方向へは決して進まないのである。

「魔がさしたんだ」

と、父母は簡単に諦めた。

しかし隆二だけは、このわだかまりを拭《ぬぐ》い取れなかった。誰かに突き落されたのではないか、とそんな気がして仕方がなかった。

突き落されたのだとしたら、それは姉の夫の手によったものに違いなかった。

これが、隆二の第二の疑問に通ずることだった。

平凡で貞淑な人妻である涼子が、矢鱈《やたら》に、それも殺されるような怨恨を他人から受けるはずがなかった。バッグは死体の近くにそっくり残っていたのだから、勿論強盗の類《たぐ》いではない。涼子を殺すとしたら、その夫である矢ノ倉文彦だけに限られる。彼には涼子を殺す動機があり、涼子が列車に乗ったのも実は夫の指示によるものだったからだ。

涼子の夫矢ノ倉文彦は、新労協という中小企業の労働組合の労働団体で幹事長を務めている。もともとは中央製工というダムの水門の部品を作っている中小企業の社員であったが、そこの組合役員をやったのが振り出しだった。弁舌と政治的手腕を見込まれて、文彦は新労協が結成されるとすぐ幹事に推され、一年後には二十七歳の若さで幹事長の要職についた。

その頃、知人を介して涼子に縁談が持ち込まれた。文彦は再婚であり五つになった子供がいた。先妻は子供が三つの時に病死したのである。文彦の条件は、子供好きで家庭的な女性であれば不満はないということだった。

涼子は、再婚、子持ち、四つも年下、というハンデはあったが、一度の見合いで結婚を承諾した。彼女自身、初婚ではあっても、いわゆる三十娘だったたし、文彦の子供が可愛くて、結婚に踏みきったのであった。

二年近く、目黒《めぐろ》の柿《かき》ノ木坂《きざか》のアパートからたまに実家へ遊びに来ても、涼子は家庭や夫婦間の問題に就いては一度も口にしなかった。もとから無口であり、喜怒哀楽を表に出さない内向的な性格である。両親も隆二も別に気にしなかったし、事実文彦と涼子の間に波風はたたなかったらしい。

それが、二月程前の夏も盛りを越えて、ひぐらしの声が物寂しくなったある日、涼子のアパートへ遊びに行った隆二は、姉から妙な話を聞かされた。お母さん達には内証よ、と前置きして、

「矢ノ倉に恋人が出来たらしいの」

と、涼子は眼を伏せた。これが猜疑心《さいぎしん》の強い、すぐ何かと騒ぎ立てたがる姉ならば、隆二も、姉さん滅多なことを口にするなよ、と叱ったかも知れない。だが、涼子がこんなことを洩らすには、余程の確証がなければならなかった。

「どうして分ったんだい？」

隆二は訊いた。

「矢ノ倉の友達があたしに教えてくれたの」

「相手は何処の女なんだ？」

「新労協の事務員よ。まだ二十一とかで、大柄な美人ですって。三十三と二十一じゃあ、やっぱり敵《かな》わないわね」

涼子は歪んだ微笑を見せて、左手の薬指を瞶《みつ》めた。その薬指は三分の一を切断されていた。女学生の頃、瘭疽《ひょうそ》にかかって切り取ったのである。

「で、文彦さんはどうするつもりなんだろう？」

「その友達の話によるとね、女の方じゃ結婚してくれって矢ノ倉に迫っているそうよ」

「相当深い仲なんだな」

「そうらしいわ」

涼子の表情に嫉妬は浮かばなかった。寂しげな憂色が拡がっただけだった。

「文彦さんは姉さんと離婚する気なのかい？」

「まさか。ああいう進歩的な団体の指導者が、恋人が出来たって理由だけで落度のない妻と離婚したら大変よ。その立場が許さないし、大衆っていうものは案外そういうことで人物評定するから、今のポストを失う覚悟でなければ離婚出来ないわ」

「へえ、驚きだな。姉さんにそれだけ社会心理学的な分析があるとは思わなかった」

「その友達が教えてくれたの。それの受け売りよ」

確かにその分析は当を得ていた。新労協の全国大会は十二月に開かれる。そこで文彦は役員改選に臨むわけである。幾ら私生活上のトラブルでも、女が出来て妻を離婚したという汚点は指導者として一般組合員の反感をかうだろう。特に婦人代議員の票は反文彦へ流れるに違いなかった。対立候補でも立てば、文彦の幹事長三選は絶望となる。

新労協の幹事長に留まるか、元の中央製工の一社員に戻るか――才子肌の文彦が一女事務員の為に後者をとるはずがなかった。

そのうちに文彦もその女と切れるだろう、と思った隆二は、この事を父母には話さなかった。涼子もその後、何事もなかったような顔をしていた。

十月十日、文彦は十二月全国大会に提出する議案書の草案作成の為に、河口湖畔にある明水館《めいすいかん》という旅館へ引きこもった。この草案を十一月十日までの幹事会で修正決定しなければならない。文彦は缶詰状態で仕事を急ぐ必要があったのだ。

そしてその日――十月二十三日。

朝から烈しい雨だった。夕刻過ぎ、子供を連れて涼子がひょっこり代官山《だいかんやま》にある実家を訪れて来た。

文彦から電報が来て、急に逢いたくなったから子供を実家に預けてすぐに来い、という話である。

列車は新宿発二十時十二分のに乗れば、大月発二十二時十八分の富士山麓電鉄の最終に間に合うから、文彦は河口湖駅まで迎えに出ているということであった。

「ずっと一人でいるから恋しくなったのよ。新婚気分を味わって来なさい」

母親は上機嫌で涼子を送り出した。隆二さえも、翌晩になって降り続く雨の中を涼子死亡の知らせが届けられるとは夢にも思わなかった。

涼子の死体は、トンネルの中の溝に落ち込んでいた為、発見が遅れたが、死亡時間から推定して前夜の新宿発二十時十二分甲府行の列車から転落したものと分った。つまり、文彦指定の列車から落ちたのである。

涼子死すの電報は勿論《もちろん》文彦に打電された。文彦は翌朝一番列車で帰京した。だが葬式を了えると三日後には再び河口湖へ戻って行った。子供はそのまま水木家へ預けっぱなしだった。いわば公《おおやけ》の仕事を抱えた文彦が、妻の死とは言え、これ以上時間を割くことが出来ないという言い分は、隆二にも納得がいった。

しかし、隆二の疑惑は涼子の死体を見た時から徐々に膨脹《ほうちょう》した。

幹事長のポストを失わず、しかも若い恋人の要求に応じられる方法が、文彦にはたった一つだけあった。それは、涼子が死ぬことである。

文彦はそれを実行したのではなかったか。涼子が事故で死亡した——幹事長としての信望には一点の瑕《きず》もつくわけがない。同情されこそすれ、非難を受けるはずはなかった。そして機を待ち、若い恋人と合法的な結婚が出来るのである。

隆二は、文彦が涼子を殺したのだという根拠を、四点ほど列挙出来た。

まず、あの呼び出し電報である。涼子自身が戸惑う程、文彦にしては甘い思いつきであった。表面だけ見れば、しばらく妻と離れていた夫の自然な要求であり、旅先でふと新婚時代を思い出した男の気まぐれとも思える。だが、反面、半強制的な命令で、甘さよりも必要があって呼んだという気がするのだ。

次に、わざわざ子供を実家に預けて一人で来いと指示している点だ。たまには子供抜きで二人だけの旅行を楽しもうとしたのだ、と解釈するには、日常の文彦涼子夫婦の愛情は淡白過ぎた。もし子供を連れて行けば、子供の命もなかったかも知れないという見方をひっくり返せば、自分の子供を殺したくない、あるいは子供がいては事を運びにくいという文彦の企《たくら》みに通ずるのである。

三点目は、何故列車を指定したかということである。特別な急用があるわけではない。

たとえ次の日の朝であっても差しつかえはなかったはずだ。旅先へ呼んだ主旨から言っても涼子が行きさえすればよかったのである。

最後は、指定した列車が夜行であった点である。女の一人旅は出来るだけ昼間にするよう配慮するのが、むしろ夫としての思いやりではないだろうか。どうして夜行列車でなければならなかったのか。デッキから人を突き落すことは、昼間の列車では不可能だったからではないか。夜行列車がトンネルへ入った時——狙いはそこにあったのではないか。

隆二は河口湖畔の明水館へ電話をかけた。そして支配人に、当夜の文彦の行動に就いて尋ねた。だが返事は意外であった。当夜、文彦は旅館から一歩も出ていなかった。ただ十一時過ぎになって、涼子を迎えに行くと言って河口湖駅まで出かけて行っただけである。

文彦のアリバイは完全に成立した。

隆二は考えた。

文彦と女事務員の関係を知っている人間が何人かいたはずだ。現に、文彦の友達が涼子にそれを告げたのである。とすれば、涼子の死によって、文彦に疑惑を感ずる者もいるかも知れない。文彦にしてみれば下手な手段をとれないだろう。絶対に容疑圏内に入れられない確固たる切札が必要だ。文彦は、涼子に対して自ら手を下さずに、誰かにそれを実行させたのではなかったか。

その誰かとは、文彦の恋人である女事務員に違いない、と隆二は結論した。もしそうならば、その女事務員は文彦と打ち合わせをする為に、河口湖畔の明水館を訪れているはずだった。それを確かめる必要があった。

隆二は河口湖行きを決心した。それには、文彦が明水館に滞在しているうちは拙《まず》かった。文彦が東京へ引揚げるのを待って、十一月二日、隆二は中央本線に乗り込んだ。

ふと気がつくと、眼の前の席に落着かない様子の娘がいた。涼子が死んだ地点に近づくにつれて、娘はソワソワし始めた。特に列車がトンネルへ入ると、娘は何か探し求めるように窓の外の暗闇に眼をやった。

やがて、娘はハンカチ包みを拡げて、一枚の切符をとり出した。素早くそれを盗み見すると、東京河口湖間の切符である。隆二はおやっと思った。東京↓河口湖ではなくて、河口湖↓東京の切符である。今日買ったものでもない切符を、何故大切そうに持っているのだろうか。それも、隆二には大きな関心のある河口湖駅発行の切符である。

隆二の視線に気づいた娘は、とたんにハッと顔色を変えた。眼だけはパッチリと開いて隆二を見返しているが、それがいかにもわざとらしく、手足には逃げ腰になっている狼狽《ろうばい》があった。

隆二は改めて娘を観察した。

年齢は二十《はたち》か二十一、二であろう。すんなりとのびた大柄な肢体で、眼と唇がセクシーな美貌である。上唇の脇の黒子《ほくろ》が、くせのある顔にしているが、人中でも目立つ強いアクセントになっている。

《文彦の恋人ではないか――！》

隆二はそう思った。

落着かない挙動《きょどう》は犯罪者特有のものであったし、文彦に見せられた写真か何かで、自分を涼子の弟と知っているのではないか、とも考えられた。そして彼女は、涼子殺しの何か事後処理の必要があって河口湖へ行く途中なのかも知れない。

《尾行しよう》

と、隆二は決めた。

娘は果して、大月で降りる気配を見せずに発車間際になってから逃げ出した。隆二を振り切るつもりだったのだ。隆二はもう、彼女が文彦の恋人であることを確信していた。後を追って、隆二は間一髪、走り出した列車から跳びおりた。

思惑通り、娘は富士山麓電鉄に乗り換えた。隆二は彼女がどう逃げようと、あくまで尾けて行くつもりだったから、堂々と同じ車輌に乗り込んだ。

電車が走り出して間もなく、娘は隆二の存在に気づいて慌てて立ち上った。彼女は何を思ったのか、中程のシートに坐っていた女に話しかけた。

《知り合いか――？》

隆二はそう思ったが、別に気にとめなかった。二人はあまり親しそうではなかった。河口湖まで殆《ほとん》ど口をきかなかったように見えた。

河口湖駅前で、二人はハイヤーに乗った。隆二はその車のナンバーを記憶してから、明水館へ行った。その日はそこに泊って、支配人や女中からいろいろと話を訊いた。だが、隆二の期待は見事に裏切られた。文彦が滞在中、彼を訪ねて来た若い女は一人もいなかったのである。後《あと》は手紙か電話だった。これは新労協から毎日のように来ていて、いつ誰からという区別をつけることは困難であった。

文彦は一日に二回程度の散歩を欠かさなかったというから、この散歩の出先で誰かと逢ったり連絡をつけたりしたとも考えられる。しかし、これを調べる術《すべ》はなかった。

念の為に、涼子が死んだ当夜の文彦の様子を詳細に尋ねたが、これも得るところはなかった。文彦は夕方四時頃から散歩に出かけて六時前には帰って来ていた。それから夕食をとり、十一時頃まで仕事を続けた。この間、女中が三度ばかりお茶を運んでいるから、文彦の偽装アリバイは不可能であった。十一時になって涼子を出迎える為に、文彦は河口湖駅へ出かけて行ったわけである。

明水館での聞き込みは、隆二も一応は断念しなければならなかった。あの文彦の恋人と思われる娘が、最後の望みの綱である。翌朝、明水館を出た隆二は駅前で記憶にあるナンバーのハイヤーを見つけた。二人の女の行先を訊くと、長浜だという運転手の答である。隆二はバスで長浜へ行った。旅館は一軒だけであったから、迷う必要はなかった。しかし、旅館に娘がいる気配が感じられない。

《逃げられたか》

隆二は、そう思った。今更追いかけてみたところで無駄なことは分っている。入ったばかりの旅館を出るわけにもいかない。隆二は逃がした魚の大きいのを悔いながら、ウトウトと不転寝《うたたね》した。目を覚ました時、隆二は斜向かいの部屋で女中と話している女の声を聞いた。

「黒いトレンチコートを着た人?」

女の声がそう言った。あの娘に間違いなかった。隆二は立ち上った。機会を待っていて、また逃げられるようなことがあったら、取り返しがつかない。単刀直入に核心をつこう、と思い立ったのである。

隆二は彼女の部屋へ踏み込んだ——。

2

「お笑いね」

真弓は話を聞き終って、長い吐息《といき》をはいた。水木隆二は照れたように笑った。笑うと少年のようなあどけなさが目許に浮かんだ。

「でも、そんな別嬪《べっぴん》と間違えられたのは光栄だわ」

「いや、その女より君の方が綺麗かも知れない」

「駄目よ、そんなことで人間《ひと》違いの穴埋めしようったって」

「僕も真剣だったんだ」

「まあいい。許してあげる」

真弓は少しも腹を立てていない自分が不思議だった。昨日から脅かされ通しだったことも、その為にいろいろと寄り道してしまったことも、それ程癪にさわらなかった。もっとも早苗という人間を知ったのは、彼のお蔭かも知れなかった。

「しかし、君は何故逃げようとしたんだ？」

隆二が訊いた。

「話すわ」


「さあ……ね」

「何か訳があるのかい？」

「あんたをもう少し信じられるようになったら、話すわ」

「勿体《もったい》ぶるなあ」

隆二は不服そうに口を尖《とが》らした。それがまだ学生のような感じであった。真弓は彼を瞶《みつ》めた。列車の中で見た時は、神経質そうな印象だったが、こうして話していると、眼の動きや手真似などの小さな仕草に、明るい茶目っ気があった。そんな彼から、真弓は眼を離したくなかった。今まで経験のなかった、異性に対する好感である。

「お酒、飲もうか？」

真弓は話をそらした。

女中が気を利かして、隆二の食事もこの部屋へ運んであった。女中のその心遣《づか》いが、今の真弓には悪くない気分だった。

「冷たくなってるだろう」

「冷酒《ひや》でいいわよ」

「凄《すげ》えんだな、君は」

隆二は大袈裟《おおげさ》に肩をすくめた。

「だって、御飯だって冷たくなってるもン。同じだわ」

真弓は燗《かん》ざましの酒を、二つの湯呑《のみ》茶碗に注《つ》いだ。昨夜の早苗との酒にくらべると、楽しさは雲泥の差である。口笛を吹いている自分に気がついて、真弓はどうかしていると思った。

隆二は一口飲むと、眉を寄せて舌をペロペロと震わせた。

「まずいの？」

と、真弓は思わず吹き出した。

「僕はもともと酒は苦手なんだ」

隆二は茶碗を突っ返しながら、ハンカチで唇を拭いた。

「悪いけど、手酌《じゃく》でやるわ」

真弓は、坐りなおして茶碗を手にした。

「酌ぐらいするよ」

「いいの。自分のことは自分でします」

「君はドライかい？」

「違うわ」

「ウェットじゃないだろう？」

「違うわね」

「じゃあ何だい？」

「その中間よ」

「中間って？」

「例えばね、恋人が死んだとするわね。すぐ代りの恋人を作る、これがドライ。一生恋人を作るまいっていうのがウェット。中間は、涙が涸《か》れるまで泣いて、泣き終ったらカラッとした気分で出発しなおすの」

「成程ね、理想的だ」

隆二がニヤニヤした。

「つまり、野暮も言わなきゃ、割り切りもしないってわけだ。だから先刻《さっき》、僕がこの部屋へ踏み込んだ時も、大して取り乱さなかったんだな」

「そんなことない。矢ノ倉文彦って男を知っているだろう——だしぬけにそう言われた時は、あたし腰抜かしそうだった」

「じゃあ何故、人を呼んだり、抵抗したりしなかったんだ？」

「驚いたけど怖くなかったのかな」

「誤解が因《もと》でひどい目に合うことだってあるんだぜ」

「分んないや」

真弓は俯向《うつむ》いた。感じたことのないくすぐったさがあった。恥らいかな、と思った。事実、どうしてもっと騒いだり暴れたりしなかったのか、自分でも分らなかった。ただ、その理由を、相手が隆二だったから、と判断するのは照れ臭かった。とにかく、彼に肩のあたりを触れられた時、何故かこのままでいたいと思ったのである。はっきりは言い表せないが、女にはある瞬間こんな矛盾が生ずるものか、と真弓は不思議だった。

「分んないって言えば、その文彦っていう人ね」

真弓は顔を上げた。

「二年ぐらいでもう女が出来るくらいなら、どうしてあんたの姉さんと見合結婚なんかしたんだろう」

「そいつが変ってやがんだ」

隆二はメンチボールを手掴みで齧りながら言った。

「前の奥さんを亡くしてから、縁談は度々あったんだけど、矢ノ倉は子供が可哀想だから再婚しないって頑として承知しなかったんだそうだ。今から考えると新労協の幹事長を目指す為の、彼のポーズだったんだな。それが幹事長になれました、子供の世話も大変だ、さあ再婚しようたって、それまでのポーズの手前がある。そこで矢ノ倉は人生相談へ手紙を出したんだ」

　隆二は鼻に皺《しわ》を寄せて笑った。

「何んて？」

「殊勝な文句だったそうだ。子供の為に再婚を躊躇《ちゅうちょ》していたが、最近多忙に追われて子供の面倒を見きれなくなった。一体どうするべきか——」

「どんな回答があったの？」

「女の回答者だったそうだけど、やはり子供には母親は必要だから再婚なさい、ただし、あなたのお嫁さんを貰うつもりではいけません、子供に母親を与える為に結婚するのです——」

「相談する方も変ってるけど、回答者も回答者ね。便宜結婚、いや結婚って言えないな。夫婦じゃないもンね。子供だって嬉しかないわよ。それが常識っていうのかな」

「所詮《しょせん》、僕達には分らない常識さ」

　隆二はゴロリと横になった。真弓も脚を投げ出した。楽しくて飲む酒は万遍《まんべん》なく軀中に回った。

「それで、あんたの姉さんを選んだわけ？」

「人生相談の回答通り、矢ノ倉は実行したんだ。結果論だけどさ、そんな結婚に男が満足するもんか。そのうちに若い娘にひかれ始め、その新労協の事務員とおかしくなっちゃったんだろう」

隆二の丹前の懐中からピースの箱が転げ落ちた。それに気がついて煙草を吸うことを思い出したように、隆二は一本引き抜いた。

真弓も肘枕で寝そべった。そうして見ると、隆二の鼻が高かった。その横顔を瞶《みつ》めて、

「酔っちゃった——」

と、真弓は口許で笑った。隆二も見返して微笑した。キラッと青く光るような彼の眼が綺麗だな、と思った。

真弓には、隆二とこうしているのが当然のような気がした。酔心地が、彼とはずっと以前からの知り合いで、二人でこの河口湖畔へ旅行に来ているような錯覚へ誘った。

「星が出てる」

自分で戸惑う程、真弓はロマンチックになっていた。寝転んで見上げる窓の、四角い黒の視界に、雨上りの星が青白く滲《にじ》んでいる。

「電気消そうか——」

隆二が何げなくそう呟《つぶや》いた。

「うん」

真弓も何げなく頷《うなず》いた。

暗闇で二人がこうしていればどんなことが起るか、彼がそれを望んでいるのか、真弓には想像出来た。だが、その想像は決して不快なものではなかった。そうなってみたいという微かな欲求さえあった。

男女の行為がどういう満足をもたらすものか知らなかったが、自分にとって只事《ただごと》ではない衝撃と刺戟《しげき》になるのではないか、と漠然とした察しはあった。そしてその衝撃と刺戟が明日を忘れさせ、その忘却に縋《すが》りついていられれば真弓は満足だと思った。

隆二は電灯を消すと、前よりも真弓に近づいた位置に寝転んだ。手をのばせば、お互いが触れ合いそうだった。闇の中に、迫るような息遣いを無理にひそめている二人の呼吸があった。

「静かだ……」

「音のない世界ね」

男も女も、大して意味もない会話を交した。互いに接するきっかけを探し求めながら、それを直接口にしない誤魔化しであった。早く――と焦《あせ》る気持が、逆に無意味な言葉を吐かせた。

「先刻《さっき》、何故途中で君を詰問するのをやめたのか、教えてやろうか」

隆二の声が、真弓の耳許でした。

「君を近くで見た時、君は人殺しじゃないって気がしたんだ。いやたとえ君が姉を殺したのだとしても、僕は君を許せるように思えた。一目惚れってやつかも知れない」

男は到頭《とうとう》、女の軀に手を触れる直前の言葉を発見したようだった。そして女は、それを迎合する意味で、こう答えた。

「あたしが、人を呼ぼうとしなかったのは、あんたに敵を意識する前に、男性を意識してしまったからよ」

ふっと男の匂いが漂《ただよ》った。男の手が女の指を軽く握った。女は勿論、それを積極的に握り返そうとはしなかったが、男がもっと強く握れるように、そっと指をのばした。

真弓は早くも胸の鼓動を感じていた。甘い不安が彼女の眼を閉じさせた。隆二の息が耳にかかった。彼の唇は耳朶《みみたぶ》から喉へ、そして真弓のそれへと移り、唇の周囲で躊躇《ためら》うようにとまってから、こすりつけるように押しつけられた。彼の右手はもどかしそうに真弓の乳房を求めて、それに触れると唇を押しつける力を更に強めた。

真弓は軀の何処かで、早苗と男の接吻を目撃した時と同じあのムズ痒《がゆ》い疼《うず》きを感じた。何もかも忘れられそうな気がした。孤独感が消えて、見失った目標を発見したような充足を覚えた。

《これが生き甲斐かも知れない》
隆二のなすがままに任せて、真弓はそう思っていた。

3

重苦しい静寂が去った。

澱《よど》んだ空気が再び動き始めると、真弓は空虚な解放感を味わった。それは思ったより白々《しらじら》しい行為であった。本で読んだ程、女が初めてそれを経験した時の感慨や衝撃というようなものは感じなかった。

ただ手足を動かすのが、ひどく面倒のような気がした。真弓は闇の中で眼を開いたまま、じっとしていた。

隆二も傍らに長々と横たわって、動かなかった。

廊下で足音がして部屋の前でとまったが、真弓は軀を起そうともしなかった。足音はすぐ引き返して行った。

電灯が消えているのを見て、女中は部屋の中の様子を察したに違いなかった。

「初めてだったんだな——」

隆二が力なく呟いた。

「そうじゃないと思ってた？」

真弓は闇を瞶《みつ》めたまま言った。その声はかすれて、カサカサしていた。

「うん。君の外見だけではね」

「すれてる？」

「そんな感じだった」

「あんまり堅い方じゃないからね」

「遊ぶことは遊んだんだろ」

「一通りはね」

「最後の一線だけは守ったってわけか」

「別に。ただそうしようって気にならなかったのよ」

「僕とは――なったのか？」

「うん。不思議ね」

「口をきいてから数時間後なのにな」

「そんなこと問題じゃない。厭な奴は何十年一緒にいたって厭よ」

「そうかも知れない。僕達はこうなるのが自然だったんだろう、きっと」

「気障《きざ》な台詞《せりふ》だわ、そんなの」

「まだ、僕を信じないか？」

「どうして？」

「列車で、君が何故僕から逃げようとしたのか、聞きたいんだ」

真弓は口を噤《つぐ》んだ。事情を話してもいいという気持はあった。隆二が少なくとも真弓の敵でないことは分っている。世間流に言うならば、他人ではない深い仲にさえなっているのだ。しかし、果して隆二が真弓の話をそのまま信じるかどうか、疑問であった。信じなければ、当然彼は真弓から離れて行くだろう。それは同時に、彼が警察へ真弓のことを告げに行く危険へ通じていた。

二人の肉体が愛に基いて結ばれたものでないことを、真弓は知っている。好感や魅力はあっただろうが、二人の行為は互いの心の隙間を埋める為に行われたに過ぎない。二人はそれぞれの目的を持って河口湖へ来た。しかしそれが徒労に終った。その空《むな》しさを何かによって償《つぐな》いたかったのだ。たまたま二人が好感を持ち合った若い男女だったから、最も安易な方法でその代償行動をすませようとしたのである。真弓は、肉体関係という絆《きずな》によって相手を信じたり、またそれに甘えたり求めたりする気にはなれなかった。

「やっぱり言いたくないか？」

隆二が失望したように言った。自分に処女を捧げた女が、まだ自分を信じないことで、男の自尊心を傷つけられたようだった。真弓は返事をしなかった。

「余程、変った事情があるんだな」

「とにかく、あたしって死人に縁があり過ぎるのよ」

真弓は話をそらそうとした。だがその言葉は確かに実感であった。

「あんたの話を聞いていたら、やっぱりあんたの姉さんが死んだ話だった」

「そんなことが続いているのか?」

「あんたの姉さんで四人目さ。この三、四日のうちに」

伴幸太郎の死を知った時は、三つの連続死を偶然と思えなかった。そこに何かの関連性を求めようとした。しかし、四つ目の隆二の姉涼子の死を聞いた今、真弓はやはり全ては偶然だったという気持になっていた。

これ以上早苗を追及しても無駄なような気がするし、望みを託していたトレンチコートの男も、森川の死には何の関係もなかった。そして、隆二↓涼子↓矢ノ倉文彦の線は、森川↓早苗↓伴幸太郎の線と一致しない、全く傍系のものだと考えなければならない。真弓は既に諦めかけていた。

隆二の話を聞いている途中で、真弓は、新労協の女事務員が早苗で、矢ノ倉文彦が早苗の情夫であるあの男ではないか、と思ってみた。だが、年齢や職業から言って二組の密通者は別個のものだと分った。ただ東京と河口湖を結んでいる共通性が気になったが、それさえも偶然でないと言い切る根拠がなかった。

「明日、東京へ帰るか？」

と、立ち上った隆二がいきなり電灯を点《つ》けた。真弓は慌てて軀を横向きにして、壁の方へ眼をやった。さすがに隆二を正視出来なかったし、丹前の裾の乱れも隠したかった。

「あたしは帰らない。帰らないいんじゃない、帰れないんだ」

「何故だ？」

「あんた一人で帰ればいいわ」

「このまま別れるのか？」

「仕方がないわ」

「訳の分らないお嬢さんだ」

ドスンと隆二があぐらをかいた気配が、畳に伝わって来た。

真弓は隆二を東京へ帰したくなかった。犯人を追う手段《てだて》を見失った上に、たった一人取り残されたら、宇宙の真中へ投げ出されたように心細いだろう。寂しさに気が狂うかも知れない。と言って東京へ舞い戻れば警察が待っているに違いなかった。

「俺達はな、夫婦みたいに破局を恐れる必要はないんだぜ」

隆二が言った。

「夫婦みたいに誤魔化し合ったり、嘘をついたりすることはないんだ。胸にあるものを吐き出して話し合えばいい。君の話に僕が耐えられなかったら、このまま別れりゃいいんだろう」

隆二の言うことはもっともだと思った。明日のない河口湖に一人残るか警察に暗い歓迎を受けるか、隆二に打ちあけ話をしてもしなくても結局は同じなのである。

「あんた、列車の中であたしを見た時、犯罪者を思い浮かべたって言ったっけ」

「ああ」

「その通りだとしたら？」

隆二は黙っていたが、彼の微《かす》かな驚きを真弓は背中で感じ取った。

「この後《あと》、もう聞きたくない？」

「いや聞こう」

「あんた、代々木の旅館の郵便局員殺し、知っている？」

「新聞記事程度なら」

「あの事件の犯人として手配されている遠井真弓って、あたしのことなの」

「何だって！」

今度は隆二も、動揺を言葉に表した。

「そうびっくりしないでよ。あたしは犯人にされているだけなんだから。これからが聞いて欲しい話なんだ」

真弓は、やっと硬直《こうちょく》がほぐれた軀をゆっくりと起した。

隆二は真弓の話を黙って聞いた。質問は一度もしなかった。肝腎なところへ話がさしかかると、チラッと視線を真弓に走らせて小刻みに頷《うなず》いた。雨の音のように、ボソボソと真弓の声が続いた。この間に、隆二は煙草を四本灰にした。

「信じられる？」

話し終った真弓は俯向《うつむ》いて言った。隆二がどう答えるか、期待が彼を真面《まとも》に見させなかった。

「信じよう」

隆二は窓の方を見て言った。

「感情の上で信じたわけじゃない。その殺された森川という郵便局員のポケットから出た名刺と切符、更に名刺主の事故死と早苗という妻の不貞。これが姉の死に対して感じたのと同じ疑惑を感じさせるからだ。君が金欲しさに同宿した男を殺したなんて、そんな単純な人殺しじゃないよ」

　真弓は俯向いたままだった。信じてもらえたのが嬉しかった。さんざ攻撃されて最後に優しい言葉をかけられると、ついホロリとする時の気持と似ていた。

「僕は姉の死に就いてこれ以上探ってみることは諦めた。でもこのことの為に会社から貰った休暇がもう三日ある。その間だけ、僕は君に協力するよ」

　有難う、と言うのは真弓の強がりが許さなかった。彼女はひきつった微笑を見せて、眼で頷いただけだった。

「ちょっとした思いつきなんだけどね。僕はその早苗という女と森川とに結びつきがあるように思うんだ」

「どうして？」

「伴幸太郎の名刺の住所をもう一度正確に言ってみてくれよ」

　真弓はバッグから名刺を取り出して、その住所を読んだ。

「東京都港区麻布本村町三一一九」

「やっぱりそうだ」

　隆二は頬を綻《ほころ》ばせた。

「僕は大成《たいせい》火災の株式課に勤めている。新入社員だから、株主への各種通知事務をやらされているけど、そのお蔭で郵便局の管轄には詳《くわ》しいんだ。つまり、麻布本村町あたりへ郵便物を送る時は、いつも港局区内って書くんだ。森川は港局の郵便配達だ。その受持ち区域内に伴幸太郎の家があったとしたら――」

「面白い思いつきだわ。でもそれなら、何も森川が早苗と結びつきがあったとは限らないな。伴幸太郎とだって親しかったかも知れない。その名刺を持っていたくらいだもン」

「親しかったというだけなら、幸太郎夫妻どちらともだろう。僕の言う結びつきとは、事件の共犯者という意味でさ」

「じゃあ森川が伴幸太郎を殺したって言うの？」

「そうすれば早苗にアリバイがあっても不思議じゃないだろう」

「森川を殺したのは？」

「早苗だろう」

「大筋としては分るけど――」

「具体的なことは調べてみなければ分らないさ。推定が成り立つのは、早苗と森川の関係だけだ。早苗は恋人の為に夫を殺そうと決意した。だけど、自ら手を下すのでは殺す動機を持っている早苗に不利だ。そこで代行者を求めた。この代行者は選定にむずかしい。まず親しくなりやすい立場にあるもので、そのくせ世間からはそう見られない人間。つまり身近にあり過ぎて誰もが見逃してしまうような人間だ。チェスタートンの短篇の中にも、死体を袋に詰めて運び出すのに郵便配達を使った小説があるよ。これは心理的に見えない人間なんだ。早苗は森川に白羽の矢を立てたのだろう。弁護士の家だから郵便物も多いにきまっている。毎日顔を合わせるようにすれば、早苗は間もなく森川と親しくなれる。周囲は誰も、早苗と郵便配達がそれまで相通じているとは思わないだろうし、後日その口を塞《ふさ》ぐ為に森川を殺しても、郵便配達とその受持ち区域内にある家の主婦とを結びつけられる心配はない。これが盲点なんだよ。郵便配達はいわば死角の人なんだ」

「そうね……」

気のない反応を示しては隆二に悪いと思いながら、真弓はあまり彼の説に共鳴を感じなかった。

早苗が何を餌にして森川を釣ろうとしたのか知らないが、郵便配達を殺人代行者に引き入れることがそう簡単に出来るとは考えられなかった。もしそれに成功したのだとしても、森川が現金書留を拐帯《かいたい》して河口湖へ逃げたのはどういうわけだろう。それに、再び東京へ引き返して真弓や三枝子を旅館へ誘ったのはどんなつもりだったのか。また、あの密室状態の離れで、早苗が森川を殺した方法は。

「これから、どうしたらいいの？」

「早苗という女を調べるんだ」

「今夜は男と河口湖畔の清湖荘ホテルに泊っている。明日は山中湖へ行くらしいわ」

「そんなのを追っかけたって何もなりゃあしない。留守のうちの方が好都合だ。一足先に東京へ帰ろう」

「え？」

真弓は顔を上げた。

「あたしも東京へ？」

「君が来なけりゃどうにもならんさ」

「だって、警察の手配が――」

「僕が何とかする」

真弓の言葉を遮《さえぎ》って、隆二はそう言い切った。立ち上って部屋を出て行く彼の後姿が、頼もしくもあったが、真弓にとって東京はそうやすやすと足を踏み入れられる場所ではなかった。

昼間のニュースでも、捜査本部は真弓が東京都内に潜伏していると見ている――そう伝えていた。その厳重な捜査網の中へ自分から入り込むのは危険だった。早苗に就いて得るものが何もないうちに、警察は真弓を発見するかも知れない。

「ごめん下さいまし」

襖《ふすま》が遠慮がちに開いて、女中がそっと顔を出した。眼を伏せて何かもじもじしている様子だった。

「あちらのお客様は――？」

「さあ、トイレじゃない」

「ではあの、お床はこの部屋へ御一緒におとり致しましょうか？」

「そうね、構わないわよ」

女中は微かに頰を赤らめた。平然としている真弓の方が、むしろ悪いみたいだった。アベック客には馴れている女中も、つい先刻《さっき》まで電灯の消えていたこの部屋に残っている何かを感じて、顔を染めたのだろう。

真弓は立ち上って窓際に寄った。

外は余程冷えるのか、窓ガラスが汗をかいていた。それを指先で拭って、眼を押し当てた。空も山も湖も黒かった。その区別がつくのは、空には星が、山には一段と黒い影が、湖には瞬《またた》く灯があるからだった。

情緒ある夜景とは言えなかった。もっと厳しい、冷やかな、だが詩的な夜景であった。

《東京へ――》

恐しかったが、隆二の好意を無にすることも出来ない。それに、突き進まない限り真弓には退路がなかった。

真弓は震えた。初めてプールへ飛び込もうとした時の悪寒と似ていた。

この静寂を被っている空は、はるか東京まで続いている。そしてそこには、乾いた現実が真弓を待っている――。

星が流れて、闇に吸い込まれるように消えた。

第四章　潜行する女

1

真弓と隆二は、中央本線を浅川で降りて、東京行国電に乗り換えた。列車より電車の方が張込み刑事の眼配りも散漫になるような気がしたからである。

しばらくは武蔵野《むさしの》の田園風景が続いた。だが、こんな田舎にと驚くような団地アパートの建物の林立もあって、東京へ帰って来た感は深かった。

「案外すんなりと来られたろう」

隆二が言った。午前十時の国電はガラ空きだった。二人の周囲にも乗客は一人もいなかった。

真弓は素直に頷いた。もう隆二には素直にならざるを得なかった。どういうつもりなのか分らなかったが、とにかく殺人容疑者として手配されている真弓の潜行に協力しようとする隆二である。真弓が逮捕されれば、彼も当然連行を求められるだろうし、関係者として取調べを受けるのだ。あえてそんな危険を冒してまで、スリルを求めているとは思えない。たとえ真弓を無実と信じている者でも、彼女の潜行を助けようとはしないだろう。潔白なら出るところへ出て釈明しろともっともらしい助言をするだけで、真弓を敬遠するに違いなかった。

これが本当の愛情かと思ってもみた。しかし、彼は『感情の上で信ずるわけではない』とはっきり言っている。

だから、彼の真意が分らないうちは、彼に素直に従えても、感謝する気持にはなれなかった。

「その恰好で、僕と一緒にいる限り大丈夫だよ」

と、隆二は顔を離して、改めて真弓を眺めた。

真弓は白いハーフコートの代りにダークグリーンのスプリングコートを着込んでいた。頭には臙脂《えんじ》色のベレー帽を斜に乗せて、白い大型のマスクで顔半分を覆い隠している。

「素晴しいよ。君はマスクシャンだな」

そう言って、隆二は思い出したように真弓の肩へ腕を回した。

マスクから眼だけがのぞいていると、真弓の大きなそれは、表情を豊かに表して魅惑的だった。

「君のボーイフレンドや男関係にはとっくに手が回っているはずだ。まさか君が男と二人で白昼の東京を闊歩《かっぽ》しているとは、警察も考えてない」

真弓は眼でそれを肯定した。東京へ入ってから真弓の口数はめっきり少なくなった。不安に気がめいるせいもあったが、なるたけ目立たないようにしようという心遣いが無意識に働くのである。

「ちょっと見は、風邪をひいた女を男がいたわるという、心温まるアベックさ」

自信があるのか、隆二は冗談を言える余裕を持っていた。

「暗い顔はよした方がいいんだ。アベックらしく、楽しそうに、喋《しゃべ》ったり笑ったりするんだ」

「喋る。――これから、どんな道順で何処まで行くの？」

隆二はふと真顔になった。

「吉祥寺で井の頭線に乗り換える。渋谷《しぶや》へ出たら今度は東横線《とうよこせん》だ。代官山で降りる。君は人待ち顔でホームにいるんだ」

「あんたは？」

「僕の家の近所に、六万円で買ったボロ自動車を持っている友達がいる。そいつから車を借りてくる。二人でそれに乗って、今後は一切、それで行動するんだ。歩き回るのもタクシーも危険だから」

「夜になったら？」

「出歩くと検問に車がひっかかる恐れがあるから、渋谷界隈《かいわい》のアベック専門の温泉マークへ潜り込むんだ。勿論、旅館は毎晩変えなければ駄目だ」

「全部任せる」

真弓は眼を隆二に向けた。彼はニヤリと笑った。ふてぶてしいという形容がピッタリする笑いであった。何が彼にこんな不敵な態度をとらせているのか、真弓の疑問が再び甦《よみがえ》った。

電車は吉祥寺に着いた。

《お三枝はここで死んだ――》

一昨日《おととい》の朝、ここで三枝子の屍《しかばね》に別れを告げたのに、それが一年も前のことのように感じた。すると、東京にいるという実感が胸をしめつけ始めた。結城荘別館離れでの恐怖、三枝子と過した空《むな》しい逃走の時間などが、生々しく思い出された。

二人は腕を組んで歩いた。真弓は組んだ腕を更に隆二のトレンチコートのポケットへ差し込んでいた。はた目には、少しでも相手の存在を確かめようとして寄りそった恋人同士にしか映らなかった。

　あまりにも見馴れているアベックの姿態に人は興味を持たなかった。ホームと階段を流れる人波の中に、二人へ視線を向ける者は一人としてなかった。

　連絡改札口のあたりには、新聞を拡げて佇《たたず》んでいる男や、待ち合わせをしているような素振りの青年がつっ立っていた。

　吉祥寺は警察が真弓を見失った場所である。張込みが厳重に行われているかも知れなかった。

　それ等の男の前を通り過ぎる。今にも、『もしもし』と肩に手が置かれそうで、一秒一秒が心臓に突き刺さるような気がした。

　トレンチコートのポケットの中で、二人の掌はネットリと汗ばんでいた。

　連絡口を抜けて井の頭線の電車に乗る。短くベルがなって、電車は走り出した。

　二人はホッとしたように組んでいた腕をほどいた。

「第一関門通過だ」

　隆二が、大急ぎで駈けつけてやっと電車に間に合った時のような、安堵《あんど》の笑いを洩らした。

シートに坐った真弓は、泣きやんだ後《あと》のように継続的な溜め息をついた。

2

東横線の代官山駅ホームは、田舎駅のように閑散としていた。

真弓は一人、ベンチに腰かけて隆二を待った。眼前を幾台もの電車が行ったり来たりした。その窓から無数の眼が自分に注がれているようで、真弓は顔を上げられなかった。俯《うつ》向《む》いて居眠りをしているように装った。

長い時間を待ったような気がしたが、実際には三十分過ぎただけだった。隆二が階段の上り口に現れて手招きをした。

真弓は、事実待ちくたびれていた恋人が来た時のようにいそいそと隆二に続いた。

改札口を出ると、駅前に大分疲れているルノーがしょんぼりと見えた。

「六万円の車で、しかも借物なんだから我慢しようや」

運転席に乗り込んだ隆二が言った。二人が並ぶと窮屈だったが、真弓は彼の横に坐った。

車の中は男の体臭のような匂いで臭かった。掃除を全くしないのか、後部の座席にはビールビンが山程積んであった。

「あのビンはね、文なしで運転していてガソリンが切れた時の用心なんだとさ。あのビンを売ってガソリンを詰めるってわけだ」

隆二がそう説明した。真弓はそれを聞いて瞬間的だが愉快になった。

それでも車は、滑らかに走った。背後でカチンカチンとビールビンのゆれる音さえしなければ、普通の車と変りなかった。

不意に、ガラスに点々と水滴が附着した。それは糸を引くようにガラスの表面を走った。大粒の雨が降り出したのであった。駈け出す通行人の姿が、車の両側に見えた。

「ワイパーが故障してやがる」

隆二が舌うちした。

ガラスを手で拭っても、外から吹きつける雨が乱舞して、前方は水中眼鏡をかけて海の底にいるみたいにぼやけた。

真弓が脇の小窓をしめようとしたが、これも錆《さび》ついたように動かなかった。真弓の左肩は忽《たちま》ち濡れていった。

「六万円の車だけのことはあるわ」

「仕様がない、何処かで雨宿りするか」

「何処へ行く？」

「渋谷橋に兄貴の事務所がある。そこへ行こう?」

「兄貴?」

「矢ノ倉文彦さ」

「へえ。彼に逢う気になったの?」

「姉を殺したんだと思っていた時は、奴の面《つら》を見るのも厭だった。だけど、それはどうやら僕の思い過しだったらしい。だとするならば、矢ノ倉を忌み嫌う理由はないだろう」

隆二は前方に眼を凝らしながら言った。

車は中目黒《なかめぐろ》から都電の通り伝いに渋谷橋へ向かっていた。俄《にわ》か雨に、路上から人影が消えてしまっていた。車だけが我がもの顔に、飛沫を上げて往来した。

国電のガード下を通り抜けると、隆二はハンドルを右へ回した。

「あれだよ」

顎をしゃくった方向に眼をやると、雨に煙っているモルタル建築三階建ての建物が見えた。

「兄貴に逢うか?」

車を停めた隆二が振り向いた。

「恋人だって紹介するぜ」

「厭よ。矢鱈《やたら》に人と逢うのは危険だもン」

「じゃあ僕一人で逢ってくらあ。受付のところにソファがあるから、そこで待ってろよ」

「うん」

二人は車から出た、短い階段を上ると建物の入口であった。

『新労協中央本部』

『新労働協議会民生相談所』

『新労協出版局』

『新労協青年婦人クラブ』

と、大小様々の看板がさがっていた。

隆二は正面の階段を駈け上って行った。真弓は受付の脇にある堅いソファに坐って、ハンカチで濡れたスプリングコートを拭った。

建物全体が森閑としていた。出入りする人もなく、受付の女の子が雑誌を読んでいた。時たま階段を下りてくる靴音がしたが、それは殆《ほとん》ど階段下のトイレの中へ消えた。

真弓はマスクの中が大分むれているのに気がついた。鼻の脇が痒《かゆ》くなっていた。真弓は一渡りあたりを見回してから、マスクをはずした。直接触れる空気が心地よかった。真弓は深呼吸して、思いっきり空気を吸い込んだ。

階段の上で人声がした。踊り場に、隆二ともう一人の男の姿が見えた。もう一人の男は矢ノ倉文彦に違いなかった。真弓は慌ててマスクをかけた。矢ノ倉は見送りに出て来たのだろう、隆二が「さよなら」と言うと、すぐ階段を上って行ってしまった。

「誰だって訊くから、結婚するかも知れない女性だって答えておいたよ」

近づいて来た隆二がそう言った。

「そうしたら、新入社員のくせに会社を休んでランデブーかって驚いてやんの」

受付の女の子がチラッと二人の方を見て、すぐまた雑誌に眼を戻した。

二人はしばらく、雨が小降りになるのを待つことにした。

「彼の恋人っていう女事務員、分った?」

やがて、真弓が声をひそめて囁《ささや》いた。

「それらしいのがいたよ。兄貴のすぐ傍《そば》で書類をいじっていた女だ。僕に対する態度や、それとなく兄貴を見る眼つきで直感した。しかし、君に比較したら全然パッとしない顔だったぜ」

真弓はマスクの中でクスッと笑って、視線を床におとした。と、その眼に、入口から射し込む光線を遮《さえぎ》った影が映った。真弓は入口を見た。

冷たい針のようなものが、胸から下腹へかけて突っ走った。真弓はその衝撃に身を震わせた。ジーンと何かに引き込まれて行くような不安に軀が強張《こわば》った。

「行こう。ゆっくりと落着いて歩くんだ」

隆二が微かに唇を動かした。視線は入口の影に据えたままであった。

二人は立ち上って、腕を組んだ。

「映画でも見ようか」

隆二はその影に聞かせるような大声で言った。影は二歩ばかり前へ進んだ。逆光を浴びて黒かった顔が、拭ったようにはっきりした。制服が板につかない好人物そうな四十男だった。

警官は二人に声をかけた。

「失礼ですが……」

《来た！》

真弓は軀が棒のようになった気がした。動いているのは心臓だけだった。それはまた烈しく動き過ぎていた。

「そちらの女の方、ちょっと顔を見せてくれませんか」

警官は首をのばして、真弓の顔を覗き込んだ。真弓は目前に怪獣が迫ったように、顔をそむけた。

突然、隆二の脚が躍った。それは警官の内股に喰い込んだ。

「う……！」

警官は膝を折って、スローモーションで崩れた。間髪を入れずに、隆二の足が再び走った。今度は顎を蹴上げていた。警官は大きくのけぞって、受付の女の子の足許へ転った。

呆然《ぼうぜん》と瞠目《どうもく》していた女の子が、初めて一声悲鳴を上げた。

二人は入口から飛び出して、ルノーの中へ転り込んだ。次の瞬間、ルノーは狂ったようにスタートしていた。真弓は後を振り返ったが、入口から出てくる人影はなかった。あの警官は気絶しただろうし、受付の女の子は人を呼んでいるに違いなかった。

隆二の顔色は蒼白であった。紫色になった唇がヒクヒクと痙攣《けいれん》している。無我夢中の興奮状態にあるのだろう、脇目もふらずにハンドルにしがみついていた。

雨は小降りになっていたが、フロントガラスの曇りはますます濃くなった。東京タワーが霞んだように見え始めた。気がつくと、車はどうやら田町《たまち》へ抜けて、芝《しば》公園の方向へ向かっているらしかった。

「もう大丈夫よ、一息入れたら？」

真弓がそう言うと、隆二は我に還ったように走り去る家並を見回して、小刻《こきざ》みに頷いた。

ルノーは芝公園へ入って、グランドの前で停まった。

雨の公園に人気《ひとけ》はなかった。グランドはひっそりと雨に叩かれていた。

「僕も家へは帰れなくなったな」

隆二がポツンと呟いた。

「悪いな、あたしの為に――」

真弓は溜め息まじりに言った。

「いよいよ、郵便局員殺しの犯人を探し出す必要に迫られたってわけだ」

「でも、いよいよその条件が悪くなった、とも言える」

「二人一緒に逃げ回るのは危険ということになったな」

「あたしは別れたくない。もう一人にはなれないわ」

「一人っていうのは辛いからな」

「ねえ、危険でも何でもいいから、二人一緒にいようよ」

真弓は弱々しく、隆二を見上げた。彼は無言で真弓の肩を抱くと、荒々しくマスクを剝《は》ぎ取った。二人は烈しく唇を合わせた。隆二の胴に回した真弓の手に、ガサガサしたものが触れた。

「これ何よ?」

唇を離した時、真弓は彼のトレンチコートのポケットから、そのガサガサしたものを引っ張り出した。

「ああ忘れてた、事件に何か新事実が出てないか、二、三日分の新聞を兄貴のところから貰って来たんだ」

真弓は新聞を拡げた。二日附、三日附、四日附と郵便局員殺し関係の記事は、日がたつにつれて小さくなっていた。記事の内容も、真弓の足どり不明ということを繰り返しているだけだった。ただ真弓にとって、おやっと思わせる新事実は、森川の解剖結果の記事の中にあった。

『森川は多量の睡眠薬とアルコールを飲んだ形跡がある』

ということであった。

森川は真弓と三枝子を相手に酒を飲んだから、アルコールというのは分るが、睡眠薬は一体いつ飲んだのだろうか。そしてそれは何の為であったのか——。

「君の写真が出ている」

隆二が一枚の新聞を突き出した。昨日の夕刊であった。真弓の神妙な顔が三センチ四方の大きさで載っていた。万里石油に就職する時の受験写真である。真弓は不思議なものを見るような気持で、それを眺めた。

新聞の間から、四つ切り判の広告のような紙片がハラリと落ちた。

「こんなものがはさまっていたわ」

真弓はそれを手に取って、見た。

「兄貴ンところの機関誌だ。新聞にまぎれ込んでいたのだろう」

成程機関誌らしく、中央の上段に『週報・新労協』とあった。

見出しには、『全国大会対策の幹事会開かる』となっていて、一面ギッシリと活字が詰まっていた。真弓は、『矢ノ倉幹事長の三選確実』という囲み記事だけを拾い読みした。殆ど矢ノ倉文彦への讃辞で、最後に彼の略歴が載っていた。『昭和五年静岡県下田生れ。中央製工出身、新労協結成と同時に幹事。幹事長としては二期を歴任』

「とにかく急ごう！」

突然、隆二が思い出したように言った。

「どうするの？」

「伴家へ電話するんだ」

隆二は車を走らせた。車はグランドに沿って徐行した。公園の出口近くにクリーム色の公衆電話のボックスがあった。

二人は車を出てボックスへ入った。真弓が顔の前へかかげた名刺の電話番号を見ながら、隆二はダイヤルを回した。

相手はしばらく出なかった。

——もしもし。

やがて、受話器から若い女の声が洩れた。

「もしもし、ちょっとお尋ねしたいことがあるんですが」

——あのう、どちら様でしょうか。

「弁護士会の者なんですが」

そう言って、隆二は片眼をつぶって真弓の肩を抱いた。

——どんな御用件でしょうか？　奥様は旅行中で留守でございますが。

お手伝いさんらしい女の声は、ビリビリと響いて真弓の耳にも充分達した。

「先日、検事から弁護士に転業した者がお宅へ御挨拶に参上致しましたが、御存知でしょうか？」

——はい。確か先月の二十三日の晩でしたか、三人様でお見えになりました。

「何時頃伺ったでしょうか？」

——夕方の四時頃だったと思います。

「お宅で食事を頂いたんですか？」

——はい、奥様と一緒に。

「奥様は、あの日は一日中御在宅だったのですね」

――はい。

「あなたも、長く出掛けられるようなことはなかったんですか」

――はい。

「で、三人が帰ったのは何時頃でしたか？」

――七時にお帰りになりました。

「七時に間違いありませんか？」

――はい。奥様もお送りかたがた出掛けられましたから、はっきり憶えて居ります。

「奥様も出掛けられたんですね？」

――はい。

真弓の肩を抱いた隆二の腕に力がこもった。

「奥様が帰って来られたのは、何時頃だったでしょう？」

――十一時を過ぎて居りました。

「そんなに遅くですか？」

――あのう……。

弁護士会の者からの電話にしては、妙な質問ばかりすることに、お手伝いさんは気づいたらしい。警戒心によって尻ごみを始めた顔が見えるようであった。

——お話がございましたら、後日奥様とお逢いして、お願い出来ないでしょうか？

「いや、もうこれだけです。その後、奥様に変った様子はありませんでしたか？」

——さあ……。とにかく、あたくしは先月二十六日から昨日までお暇を頂いて家にいなかったものですから、何も分らないんです。

半分泣き出しそうな声であった。電話を切ってしまいたいだろうが、もし本当に弁護士会の者からの電話だったらという危惧もあって、それも出来ないに違いなかった。

「そうですか、それはどうも」

と、隆二は受話器をかけた。

「早苗はあの晩に出掛けているじゃないか」

ボックスを出ながら、隆二が怒ったように言った。

「あたしに嘘を言ったわけね」

早苗は確か、あの晩は三人の客と一緒に夜遅くまで過した、と真弓に話した。家を出たとは一言半句も告げなかった。

「でも、彼女のアリバイには無関係ね。伴幸太郎は五時頃西湖で死んだのだけど、早苗は四時から七時まで確実に東京の自宅にいたんだもの。七時から十一時まで家を出たとしても、伴幸太郎の死には関係ないってことになる」

「それなら何故、夜遅くまで家にいたなんて嘘をついたんだ？」

「隠すには隠すだけの理由があるわけね」

「そうだ。これがきっとポイントだぜ」

早苗は何故この事実を隠したのか。言う必要がないから言わなかったというのではない。夜遅くまで客がいたし、家の外へは出なかった、と事実を積極的に隠蔽しているのだ。これは、そうする意志に基いた欺瞞《ぎまん》である。そうしなければならなかった理由は何だろう。早苗が伴幸太郎を殺したことは、物理的に否定されている。それならば、伴幸太郎の死には無関係の七時から十一時までの空白を、もっともらしい理由で埋める必要はなかったはずだ。それを強いて隠したとするならば、その空白は伴幸太郎の死に関する何かの手筈の為に費された時間、と考えなければならない。

「誰と何処へ何をしに行ったのかな？」

真弓は足許の砂利を蹴った。

「共犯者、つまり伴幸太郎に手を下した人間が河口湖から帰ってくるのを迎えに行ったんじゃないか」

隆二が車のドアを開けながら言った。

「そんなこと意味ない行動よ。犯行したその日に二人が逢うなんて危険だもの」

「しかし、どうしても逢わなければならない条件下にあったら？」

「それにしても、七時から十一時まで、四時間も一体何をしていたんだろう？」

「早苗は共犯者に代償を提供していたとも考えられる」

「代償って？」

「伴幸太郎殺しを実行する人間に、早苗は代償を与えなければならないだろう。例えば、その代償が、金品に加えて彼女の肉体だったとしたら？」

「古くて月並な解釈だな」

「とにかく、その共犯者に就いて調べてみよう」

「森川が共犯者だって言うんでしょう？」

「そうとしか考えられない」

「どうやって調べるの？」

「当って砕けろさ。事は急を要するんだ」

隆二は真弓を車の中へ引っ張り込んだ。真弓はマスクをかけた。雨上りの砂利を軋《きし》ませて、車は公園を出た。

雲間から青空が覗いて、一筋虹のような日射しが走っていた。二人の行手があのようにあってくれと祈らざるを得なかった。

3

港郵便局は麻布六本木にあった。

郵便局は通常、集配普通局、無集配普通局、集配特定局、無集配特定局、の四種に分けられるが、港郵便局はその中《うち》の集配普通局に該当《がいとう》する。自ら郵便物の集配をやる、いわば一級の郵便局であった。

防衛庁脇の人通りのない小道で停めたルノーに真弓を残して、隆二は港郵便局へ向かった。

やや下り気味の道路を、大きなベッド販売店の前を過ぎると、右手に銀杏《いちょう》の樹に囲まれた郵便局の局舎が、四階建ての無感動な容姿を見せた。『港郵便局』という白い文字板がくすんで灰色に変っている。

濡れた銀杏の黄色い葉が、眩《まぶ》しい程鮮明であった。通りすがりにコンクリートの構内を覗くと、赤い郵便車が日射しを受けて、真紅《しんく》の肌を輝かせていた。

隆二は局の真前にある公衆電話で、港郵便局を呼び出した。

「もしもし、集配課の小川君《おがわ》をお願いしたいんですが」

と言うと、交換手は果して、

「集配課に小川は居りませんが」

と、答えた。偶然小川という人間がいてくれれば事は簡単であったが、いないとなれば多少の演技が必要であった。

「変だな。確か小川君と聞いたんだけど、似たような名前はありませんか?」

「そうですね。小室《こむろ》という主事がおりますけど、若い人ですか?」

「ええ、そうです」

主事と言えば係長クラスだから年輩者に違いないし、話し合うには自分と同年の青年の方が話し易いと思った隆二は、そう言った。

「小西《こにし》と尾形《おがた》が居ります。小川と間違えそうな名前は他《ほか》にはありませんね」

「そうですか。間違いだと悪いですから、じゃ結構です」

隆二はさっさと電話を切った。

再び局の通用口へ引っ返すと、受付の看視員に尾形との面会を申し込んだ。

「この後に面会室がありますから、そこで待っていて下さい」

看視員は眠そうな声で言った。

面会室は暗かった。窓は大きかったが、グレイの局舎の壁と接していて、直射日光が入らないのである。木製の長椅子が五、六脚あって、真中に煙草の吸殻だらけの大きな鉄火鉢が据えてあった。

尾形とは、どんな男だろうか、と想像しながら、隆二は彼の現れるのを待った。

「尾形ですが」

だしぬけに声がして、面会室の入口に若い男が立った。足音がしないわけで、彼はゴム草履《ぞうり》をはいていた。トレーニングズボンに紺の作業衣を着て、首にはタオルを巻いている。肩幅の広い頑丈そうな軀つきで、頭をスポーツ刈りにした精悍《せいかん》な風貌《ふうぼう》の青年だった。

「僕は水木と申します」

隆二は丁寧に頭をさげた。

「何処でお逢いしましたっけねえ……」

尾形は困惑した顔つきでゴシゴシと頭を掻いた。

「いや、初めてお逢いするんです」

「は？」

尾形の手の動きがとまった。

「僕は森川昭司君と親友でした。もっとも昔の話ですが」

「あの殺された森川ですか？」

「ええ、新聞であの事件を知って非常に驚いたわけなんですが。殺されたのはとにかく、新聞では大分《だいぶ》森川君のことを悪く言ってますが、僕はそれが心外なんですよ。だから自分の気持を納得させる意味で、生前の森川君に就いて何かとお伺いしたいと思って、お邪魔に上ったのです」

隆二は口から出放題に喋《しゃべ》りまくった。尾形は分ったような分らないような表情で頷《うなず》いた。

「しかし、どうして僕のことを御存知なんですか」

「森川君からあなたの名前を聞いたことがあるんです」

「可笑《おか》しいな」

尾形は首をひねった。

「僕は最近この局へ転勤して来たばかりだし、森川さんとはあまり親しくなかったんだけどな」

「附き合っていなくても、印象に残る人っていうのはありますからね」

隆二は適当に言い繕《つくろ》った。

「とにかく、僕の知っているだけのことはお話しましょう。どうぞ――」

尾形は隆二に長椅子に坐ることをすすめて、自分も腰を下した。

「結局森川君は書留泥棒ということになってしまったんですか？」

隆二はピースの箱を取り出して、尾形にも差し出しながら訊いた。

「らしいですね。そうだと信じてないのは、この局の者だけで、郵政監察あたりもそう断定せざるを得なかったのでしょう。何しろ、当人は死んでしまったんですから」

「森川君はそんなことをする男ではないでしょう」

「信じられませんね。自分が気が狂っていると言われたみたいに、信じられません。森川さんは明朗そのもので、犯罪なんて陰惨なものには凡そ縁のない人って感じでした」

「書留の被害金額は余程だったんですか？」

「扱い局を通じて調べたところでは、全額では十万円足らずです」

「それだけの金の為に――」

「勿論《もちろん》です。そんな誘惑に負けるようでは、郵便局員は一年と持ちませんよ、森川さんは勤続八年、しかも無事故の成績優秀な局員ですからね。もっとも無類の酒好きというのが唯一の欠点でした」

「女性関係は？」

「親しみ易い性格ですし、交際は広いでしょうね。しかし淡白な交際が多かったようですよ。それに六本木の寮にいたから派手なことは出来ませんよ」

「最近何か悩んでいるというような様子や、秘密を持っている素振りなどありませんでしたか？」

「全然変りありませんでしたよ。あの失踪する日まで平常《いつも》と同じ明るい森川さんだったなあ」

「休むようなことはなかったんですか？」

「ええ。先月の十五日から失踪する日まで、一日も休暇をとりませんでした」

「早退や遅刻は？」

「郵便局の現場では、そんなことは簡単に許されませんよ。それぞれが手一杯の受持ち区域を持っているんですからね」

尾形はちょっと胸をそらした。多忙な自分達の仕事に誇りを持っているようだった。重要な任務にたずさわる労働者の優越感かも知れなかった。

隆二は短い間沈黙した。自分の大きな錯誤に気づいたのである。森川は十月十五日以来遅刻早退は勿論、一日も局を休んでいないというのだ。すると、森川が河口湖へ行って伴幸太郎を殺したという共犯説は、根底から覆《くつがえ》されるのである。これで、早苗の犯行方法に就いては出発点から考えなおさなければならないし、伴幸太郎の死に森川を結びつけることは出来なくなった。

事実、早苗と森川は交叉しない平行線であって、伴幸太郎の死と森川の死は全く別個のものであるのかも知れなかった。それは真弓が、一つ違えば全部が違ってしまうパズルのように、誤った仮想から次第に造り上げた錯覚の鎖《くさり》で繋《つな》いでしまったのではないか。

伴幸太郎も本当に過失で西湖へ落ち込んだのかも知れない、と隆二は自分がひどく無駄な一人相撲に熱中しているような気がした。

「本村町というのは、森川君の配達区域でしたか？」

訊いても仕様がないと思いながら、隆二は言った。固くなっている火鉢の灰を火箸でつっ突いていた尾形が顔を上げた。

「よく御存知ですね。本村町は森川さんの受持ちでした。通配でね」

「通配？」

「いやこれは失礼しました。僕達の略語で、同じ集配でも速達を配達するのを速配、小包の配達を小配、その他《ほか》の普通郵便を通配と呼んでいるんです」

「書留も通配に入るわけですね？」

「局によって書留だけ別に配達するところもあります。例えば会社ばかりの区域ですと書留類がグンと多くなりますからね」

「成程……」

隆二はお茶をすするような手つきで顎を包んだ。早苗と森川という円周の接点は、森川の配達受持ち区域内に早苗の家がある。この一点だけである。ただそれだけの一点で、早苗と森川を共犯者として結びつけるのは危険であったのかも知れない。

《何かに眩惑《げんわく》されているに違いない》

隆二はそう結論を出した。

これ以上尾形と話すことも、またその必要もなかった。

隆二は立ち上った。

「いろいろとどうも。やはり森川君に関する真相は摑めそうもありません」

「いや、お役に立ちませんで――」

尾形はそれが癖らしく、ゴシゴシと頭を掻いた。

面会室を出ると、空はすっかり晴れ上っていた。金色の日射しが注《そそ》いで、その中へ附近の煙突から流れ出る白い煙が舞い散って行った。

「大きな郵便局ですね」

意味もなく隆二が讃《ほ》めた。

「ええ。三百四十五人の局員がいます」

尾形は得意げに言って、局舎を仰いだ。

通用門のところまでくると、看視員が受付から顔を出して声をかけた。

「尾形さん。森川さんを殺した犯人が、えびす駅の近くに姿を現したとさ」

「え！　本当ですか？」

尾形は足をとめて、隆二の方をチラッと見た。隆二は別の意味でギクリとしたが、それを尾形は単なる驚愕《きょうがく》と受取ったに違いなかった。

「今、ラジオのニュースで言ったよ」

「逮捕したんですか」

「いや逃がしたんだってさ。犯人は若い男と一緒で、小型自動車で逃走したって話だ」

「やっぱり男が糸を引いていたんだな」

「犯罪の蔭に男あり、世の中も変ったよ」

看視員は歯の抜けた跡を見せて笑った。

「じゃあ失礼します」

隆二はいたたまれない気持だった。他人のこんな言葉を聞いて、初めて容易ではない自分の立場を強く意識した。

「何かあったら、いつでも来て下さい」

と頭を下げる尾形の好意に応じている余裕もなかった。隆二は逃げるように港郵便局を出た。

真弓がルノーごと発見されてしまっていたら、という不安に隆二は足を早めた。どうやら野次馬を掻き集めるような出来事はなかった様子で、街は平凡な午後の風景を描いていた。

防衛庁の角に来て、道路にある置き忘れられたようなルノーを眼で確かめると、隆二はホッとした。迷子になりかけて母親の姿を見つけた時のような気持であった。

真弓は一歩も動かなかったらしく、車の中に同じ姿勢でいた。

「心細かった……」

真弓は、車へ入り込んで来た隆二の肩に頰を寄せた。

隆二はその髪の毛に軽く接吻してから言った。

「この車も、何処かへ乗り捨てなければならない」

「どうして？」

「手配されたよ。森川殺しの犯人は男と一緒に小型乗用車で逃走したって」

「だってこの車は借物じゃない」

「女っていうものは、この期《ご》に及んでそんなことにこだわっているのかな」

「第三者に迷惑かけたくないもン」

「こっちはそれ以上に迷惑を蒙《こうむ》っているんだぜ」

隆二は乱暴にエンジンをふかした。

「第一、車の検問が厳しくなっているに違いないんだ。これ以上この車を走らせていれば、好んで網にかかるようなものさ」

隆二はエンジンをとめると、思いきりよく車から出た。仕方なく真弓もそれに従った。

二人は腕を組んで表通りへ抜けた。車の往来の繁《はげ》しさに比較して、人通りは少なかった。うろつく犬だけが目立った。

「しかし変だな」

隆二が首をひねって、靴の踵で地面を蹴った。通りかかった犬が横っ飛びに逃げた。

「何が？」

「あの警官さ。不審尋問じゃなかったんだ。わざわざあの建物の中へ踏み込んで来たんだからな」

「そうね」

「それも、最初から君が目当てだった。マスクを取らせて、遠井真弓であることを確認しようとしたんだ。何故あの警官は、君だってことを分っていたのだろう」

「あたしだってことを知っている者は、あの近辺には一人もいないはずだものね」

前方からパトカーが徐行して来た。真弓はコートの衿《えり》を立てた。

「その路地を入ろう」

二人は、記念館のような建物と小さなビルとの間へ曲った。三人連れの若い女が、顔をそむけてすれ違う二人を不審の眼で見送った。路地は料亭の玄関へ通じて行きどまりであった。

『ふぐ料理』と、ふぐを型どった看板に彫りつけてある。昼間から酔客があるのか、男の濁《だ》み声と多勢の女の笑い声が料亭の奥から響いて来た。それは二人に当てつけているように聞こえた。酔客や女達が惨《みじ》めな二人を指さして嘲笑しているように感じた。

二人は佇《たたず》んでいた。すぐ路地から出て行く勇気がなかった。

「生きている場所もないのね」

三枝子もこれと同じようなことを口走って死んでしまった、と思いながら真弓はそう口にした。

「仕様がない。この料亭へ入ろう。夜までここにいるんだ」

「それから?」

「先のことは分らない。予定なんか立つものか。とにかく帰りは、料亭からハイヤーを呼ばせよう。タクシーより安全だと思う」

二人は門をくぐって、竹林の間の飛び石を玄関へ向かった。

4

竹林と大きな石灯籠《いしどうろう》の間に日溜りのある庭に面した八畳間だった。座椅子と脇息《きょうそく》があって、黒檀《こくたん》のテーブルを囲んでいた。料理は客膳の献立形式に忠実に従って運ばれて来た。酒と前菜、吸物、刺身、焼物、煮物、酢の物、茶碗盛、果物、茶、の順序である。しかし、どれにも形式的に箸をつけるだけで、喰べるところまで行かなかった。

二人には、料亭の外の動きが気になっていた。透明な潮がヒタヒタと寄せてくるような重い不安が、絶えず胸にあった。隆二も飲めないはずの酒を銚子《ちょうし》に一本あけた。眼ばかり充血して、彼らの顔色は青白く変った。

《河口湖にいた方がよかった》

真弓は先刻から繰り返しそう思っていた。同じ潜伏であっても、河口湖の方が、焦燥も恐怖も直接肌に触れて来なかった。東京は敗退者にとって地獄である。冷酷な都会は、人間の盛衰をはっきりと区別した。自分を誤魔化せない非情に迫られるのだ。

「僕達はとんでもない錯覚に落ち入っているのじゃないか」

隆二が、甲状腺の浮き出ている喉を見せて言った。

「森川と伴幸太郎を結びつけて考え過ぎるんだ」

「だって、関係は必ずあるんだもン」

「彼の配達区域に伴幸太郎の家があるということだけだろう」

「まだあるわ」

「何だい？」

「森川は、伴幸太郎の名刺と河口湖駅発行の切符を持っていた」

「何かの偶然じゃないのか？」

「錯覚があるとすれば、その辺なんだわ」

真弓はバッグから、万年筆とチリ紙を出した。

「もう一度整理してみるわ」

チリ紙にはインクが滲んで、大きな字でなければ書けなかった。真弓はチリ紙三枚を並べて、次のように書き込んだ。

10月18日　伴幸太郎、河口湖へ来る。

10月23日　伴幸太郎、西湖で死ぬ。
10月31日　森川昭司、失踪する。東京河口湖間往復。
10月31日→11月1日　森川昭司、殺される。
11月2日　伴早苗、河口湖へ現れる。

「しかしだ、森川は十月十五日以来、一日も局を休んでない。すると森川は伴幸太郎を殺すことは出来なかったはずだ。早苗も森川も白とするなら、伴幸太郎は事実、過失死だったということになる」

「何かあるのよ、早苗のアリバイに。七時から十一時までの行動不明の時間を隠していたじゃないの」

「あくまで、伴幸太郎他殺説に固執《こしつ》するんだな」

「そうよ」

「とするなら、早苗の指示に従って、それを実行した人間がいると考えなければならないぜ。しかも、そいつは森川じゃないんだ」

「ねえ――」

真弓は掌で弄《もてあそ》んでいたふぐの箸置きを、そっとテーブルに戻した。彼女の頭の中には、一つの思いつきがあった。それは極く常識的な可能性であった。

「森川は早苗の秘密を握った為に、殺されたのではないかしら。森川の職業は郵便局員、つまり通信業務よ。おまけに早苗の家は、森川の配達区域内にあったわ。何かの拍子に、その共犯者から早苗へ送られて来た重要な通信の内容を、森川が知ってしまうことだってあり得るわ」

「それはうまい想定だ」

そう言いながら隆二は服のポケットを探った。煙草を取り出そうとしたのである。だが煙草はなかった。

「その想定に基いて、ではどうやって森川殺しを実行したのか考えてみるべきだ」

彼は立ち上って、部屋の隅にある細長いボックスを開いた。中には、隆二のトレンチコートと真弓のスプリングコートが、ハンガーにかかっている。隆二はトレンチコートのポケットからピースの箱を摑み出した。

「結城荘別館の、その離れで森川を殺すことが出来た可能性だけど――」

「それが分らないんだ……」

「しかし、密室なんてものは実際にはあり得ないんだぜ。君達が何かを錯覚しているだけなんだ」

「だって、あの離れへは入口以外に入れるところがないんだもン。その入口にはあたしが鍵をかけた――」

真弓は爪を噛んだ。脳裡に、あの夜の全てを再現しようとしていた。一体何処に錯覚があったのか。

「まず第一にだ。犯人は、森川が君達と結城荘別館の紫という離れへ泊ったことを、どうして知ったかだよ」

「尾《つ》けて来たんじゃない？」

「旅館の中へまでかい。旅館の者に、どの離れへ入ったか訊くようなことをすれば、必ず怪しまれるぜ」

隆二は坐って煙草に火をつけた。その煙がモヤモヤと彼の顔を包んだ。

「あれ……？」

隆二が膝の上に落ちていた小さな四角いものをつまみ上げた。それは切符であった。

「河口湖、東京都区内……。今日買った切符じゃないか」

トレンチコートのポケットに入っていたのを、ピースを取り出した時に一緒に掴み出したのに違いなかった。

「どうして、そんな切符持っていたの？」

真弓は、森川のポケットにあった切符と妙な一致をすると思いながら訊いた。

「習性だな。勤め先の大成火災は三鷹《みたか》にあるんだ。だから僕は代官山、三鷹間の定期券を持っている。吉祥寺で井の頭線に乗り換える時に、僕はこの切符を出さないで、定期で改札を通ったんだ」

吉祥寺では一旦改札を出て、井の頭線の切符を買った。真弓はその時、河口湖からの切符を改札口で渡してしまっている。隆二はそこを定期券で出て来たのだ。別にキセルとか、切符を出し惜しむとかするのではなく、そこが定期券の通用する駅であると、つい定期で降りてしまう奇妙な習性が、定期券利用者にあることを真弓も知っている。いつの間にか使いものにならない切符が二、三枚、ポケットや定期入れの中に溜ってしまう覚えは真弓にもあった。

「可笑《おか》しいな」

隆二は凝《じ》っとその切符を瞶《みつ》めた。

「森川は六本木にある郵政省の独身寮に住んでいたのだ。寮から港局まで徒歩で通っていたのだろう。すると、電車の定期券など持っていなかったはずだ。その彼が河口湖からの切符をポケットの中へ入れておいたというのは、どういうわけだろう」

隆二の視線が切符から真弓へ移った。

「定期券を持ってなければ、切符を改札口で渡さない限り、駅を出られないはずだろう」

隆二は灰皿で煙草を揉《も》み消した。ジュッと赤い火が黒く変った。

「君！」

突然、彼は膝を組みなおした。テーブルが持ち上って、お茶がたっぷりこぼれ散った。

「生きていた森川と死体の森川とは、絶対に同じ人間だったかい？」

「え？」

隆二が何を言わんとしているのか、真弓は咄嗟《とっさ》に理解出来なかった。

「つまり、一緒に飲んで旅館まで行った森川と、翌朝死んでいた森川とが同一人物であったと断言出来るかって訊いているんだ」

「……！」

真弓は口ごもった。隆二の質問の主旨が、考えてもみなかった盲点を突いている。即答するには、頭の回転が間に合わなかった。

「そうだと思うな」

「だと思うんじゃ駄目だよ」

「だって――」

そう言われると真弓には自信がなかった。あの晩は泥酔に近い酔い方だった。それに朝死体を発見した時は、恐怖と驚きが先に立っていたし、昨夜の男と別人かというような疑問を持っているわけではなかったので、冷静に観察するはずがない。

まるっきり違う人間とは思えなかったが、特別な特徴があったとも言えず、真弓はどうとも言いかねた。

「酒を飲んで結城荘別館の離れへ行ったまでの男を、森川とは別人だったとすれば、二つ三つの疑問が解決するんだ」

隆二は真剣な表情を見せた。庭から吹き込む風が冷たくなった。夕暮れが近かった。

「その森川を装った男が犯人というわけね」

「そうだよ。それなら結城荘別館の離れという限定された場所で、森川が殺されたというのも頷けるんだ。犯人は森川を尾けたのではなく、君達をその現場へ誘導したんだ」

「そう言えば——」

真弓は、隆二の推定を裏づけるようなあの晩の森川の言動を思い出した。

森川——と称する男は、知っている旅館があると言って真弓と三枝子を結城荘別館へ案内した。そしてわざわざ、紫という離れを指定したのである。それに、あやふやな記憶だが、男は確か紫を電話で予約しておいたというようなことを口にした。

真弓と三枝子は充分に酒をすすめられた。翌朝目が覚めてから慌てた程、酔わされた。

どんなことを喋り、どのような経緯があって一緒に泊ったのかさえ、記憶がはっきりしなかった。その男の印象も、三十歳ぐらいで、翳があり、無精髭《ぶしょうひげ》をのばして眼帯をかけていたという、ごく表面的なものである。こういう男だったと具体的にはとても指摘出来ない、模糊《もこ》とした記憶だった。

死体を見た時は、それがどういう顔をしているかを考える前に、死んでいるという事実が頭を占めてしまった。しかも、男が女に変ったり、老人が子供に変ってしまったわけでもなく、三十歳ぐらいの無精髭をのばして眼帯をかけた男の死体であった。たとえ幾らか平静に死体と接したとしても、死後数時間を経た人間の容貌は変化するに違いない、と言って片づけただろう。とにかく前夜の男ではないことを明確に判断出来なかったのは、あの場合の真弓や三枝子にしてみればむしろ当然であった。

考えてみると、前夜の男は真弓と三枝子に顔をさらすことを、意識的に避けたようであった。

三枝子が、これだけ金があるならばもっと豪勢な店へ行こうと言った時、男は動くのが厭だとそれを断った。それは明るい店へ行ったり、彼女達以外の人間に顔を見られることを恐れたからではなかったか。

結城荘別館に着いた時もそうである。もともとあの旅館の玄関は、スタンド一つだけで暗かったが、男は玄関へ入ると急に酔いが回ったようにガクンと項垂《うなだ》れた――と真弓の微かな記憶がある。あれは旅館の女中に顔を見られまいとした演技かも知れなかった。

離れへ通ると、男はすぐソファに寝転んで彼女達に真面《まとも》に顔を見せなかった。離れは深海のようなグリーンの蛍光灯《けいこうとう》が唯一の照明であった。その配慮によって、八分通り酔った真弓達の印象に男の容貌は残らなかった。

ソファの上で、男が背広の上着を頭からかぶってしまったのも、配慮の一つではなかったか。

「それで、男はいつ森川の死体と入れ替ったのかな」

真弓には、鍵がかけてある離れの出入りが、依然として引っかかっていた。

「君が鍵をかけてからでは、絶対に出入り出来ないとすれば、その鍵をかける前と考えなければならないな」

「だって、それまでは三人一緒だったもの――」

と言いかけて、真弓はあっと小さく叫んでしまった。

「お三枝と二人で風呂へ入ったわ！」

「その間に入れ替ったんだ！」

と、隆二が立ち上った。

真弓と三枝子は確か三十分近く風呂に入っていた。入れ替りはその間で充分である。鍵をかけたのは、その後だったのだ。すると、毛布を鼻の下あたりまでずり上げて眠っていたと見えたのは、森川本人の死体であったのだ。背広やネクタイをとって、毛布までかけていたのは、死体だと一目で発覚しないように計る為であったということになる。

風呂から上った時、三枝子が、男を起そうとしてその肩のあたりに毛布の上から触れたが、死んだ直後であり、死体は硬直していなかったし、あの暗い照明の中ではその顔を死相と見ることは不可能だった。夜更け、酔い、旅館、男対女、という計算された道具立てが出来ていたのである。

「何処へ行くの？」

隆二が部屋を出て行こうとするのを見て、真弓は慌《あわ》てて声をかけた。

「電話をかけてくる」

「何処へ？」

「結城荘別館に定《きま》っているさ」

隆二は勢い込んで部屋を出て行った。

《密室でも何でもなかった——》

と、真弓は考えた。

密室を作り上げたのは、実は真弓自身であった。もっとも、前夜の男と森川が別人だと判断する根拠も必要もなかった真弓が、鍵をかけた離れを密室と信じたのは無理もない。

《お三枝、あんたを死へ追いやった犯人が分ったよ》

真弓は、そう呼びかけるように庭を向いた。

庭先の日溜りは、その明るさを弱めていた。竹林が寒々と揺れている。真弓がものの哀れを感ずるのは季節のせいばかりではなかった。苦しみながらもまだ生きている真弓にくらべて、森川も三枝子も伴幸太郎も、その死は惨めだった。殺されるということは、あまりにも儚《はかな》かった。

しかし、男と入れ替るまで森川は何処にいたのだろうか。あの旅館の何処かにいたことは当然である。だが、森川を旅館へ連れ込む時はどうやったのか。まさか森川自身が一人で旅館へ来たのだとは考えられない。

隆二が戻って来た。その瞳が光っているのは、電話の結果が満足すべきものであったことを示している。

「間違いなしだよ。こっちは捜査本部の者だって言ったら、旅館の女中は素直に喋《しゃべ》ってくれたよ」

隆二は脇息を膝の上に抱えた。

「あの晩、君達が結城荘に現れる前に、紫の隣の離れ『紅《くれない》』へアベックが入ったそうだ。男の方が正体を失って歩けない程酔っていて、女中が手を貸して離れまで運んだと言っている。おまけに連れの女が、もどすといけないと言って、ずっとタオルで男の顔半分を覆っていたんだ」

「その男が森川ね」

「そうだ。無理に酒を飲まされていたんだろう」

「お酒も飲まされたでしょうが、多分睡眠薬で意識朦朧《もうろう》だったのよ」

真弓は、森川の解剖結果に、多量の睡眠薬を飲んだ形跡、という一項があったのを思い出した。

「すると、その女の方は――?」

「旅館の女中は、綺麗な奥様風の女というだけで、これという記憶はないと言ってる。しかし、その女は――」

「早苗か!」

「そうとしか考えられない」

「それで、早苗も一晩あの旅館に泊って行ったわけね」

「いや、そんなことするもんか。君達が森川の死体を朝まで発見しないとは限らないからな。その紅《くれない》のアベックは夜中の二時頃帰ったそうだよ。人妻の密会で一晩家をあけることは出来ないから夜中でも帰るというケースが珍しくないので、女中は不審に思わなかったらしい。どうやら酔いがさめたという男を女が抱きかかえて、旅館を出て行ったそうだ」

これで、男と森川の死体の入れ替りははっきりした。

早苗は意識を失いかけている森川を酔っぱらいだと称して、結城荘別館の離れ紅へ入った。この際、女中に森川の顔を見せまいとして苦心している。

一方男は、真弓と三枝子を連れて離れ紫へ入る。男は眼帯という特徴は見せても、顔は隠そうとして酔ったふりをした。

真弓と三枝子に風呂をすすめて、眠ったと装った男は、紫を出て紅へ行く。そこで早苗と協力して森川を絞殺する。その死体の服装と自分のそれとをすっかり交換して、眼帯もかけさせる。男は死体を紫へ運び、ソファへ横たえて背広とネクタイをとり、毛布をかけて本式に寝込んだと見せかける。そして男は紅へ戻って、適当な時間に早苗と二人で旅館を出て行った。

女中は、森川の顔も、真弓達と旅館に現れた時の男の顔も、はっきり目撃していない。それに早苗と一緒に帰って行く時の顔も、早苗に抱きかかえられるようにして顔を隠していた。全てが暗い照明の中で行われ、旅館の者もジロジロと観察することを許されない、また観察する気にもならない見馴れた男女の秘かな逢う瀬という状況設定で演じられた、すり替り芝居であった。

「早苗が作った筋書きだろう」

隆二が気の抜けたように言った。

「森川に夫殺しに関する秘密を握られて、早苗は彼を殺そうと決意したんだ。チャンスは十月三十一日に訪れた。郵便配達に来た森川を、郵便物に就いて質問したいというような口実を設けて、家の中へ連れ込んだ。ここで恐らく、男が凶器を突きつけて脅迫したんだろう。つまり監禁だ。そして強制的に多量の睡眠薬をとかし込んだ酒を飲ませたに違いない。夜になるのを待って、男は森川の自転車や郵便物を附近の寺にある雑木林の中へ捨てた。ただそれだけでは、森川の郵便配達の順路を追って配達ずみと未配達の郵便物を調べられれば、彼の足どりが伴家で途絶えたことが分ってしまう。そこで、自分の意志で失踪したものと見せかけなければならない。現金書留類だけを抜きとって、森川がそれを着服逃走したように偽装したんだ。と、すれば森川がそれらしく行動したあげく、誰かに金を奪われて殺されたと装う必要がある。結城荘別館をその現場とする打ち合わせをして、早苗は酔っていると言い訳しながら森川をタクシーで結城荘へ運んだ。男はその相手役となる人間を探した。勿論《もちろん》女でなければ拙《まず》い。酔っぱらって男と旅館へしけ込むような若い女が適当だった。そんな女が見つからなければ街角に立つ商売女でもよかったのだ。大金を渡して大いに飲もうと言えば、喜んでついてくる。そして男は、新橋のポニーで君達二人という条件にピッタリなカモを見つけたってわけさ」

隆二の言葉が、真弓には皮肉に取れた。君達が馬鹿だった、と言われているような気がした。真弓は一度俯《うつむ》向いてから、それに歯向かうように言った。

「あの朝、あたし達は逃げ出さないで、警察へ届ければよかったのかな？」

「本当に勇気があったらそうしたろう。しかしそうしたからって、君達に殺人容疑がかからず、早苗達に捜査の眼が向けられるってことはなかったろうな」

晩秋の落日は早かった。竹林の影が黒くなって、石灯籠に斜に赤味が射した。と思う間に、闇が漂うように流れて、それは見る間に厚くなり、やがて夜を迎えていた。

料亭はさんざめき一つ聞こえずに、昼間より静まりかえっていた。

「しかし、これで君や僕が解放されたってことにはならないんだ」

隆二が重く言った。

脇息にかかっていた真弓の手が、力なくはずれた。

「これは想像なんだ。伴幸太郎を殺した早苗の共犯者、この男は僕達が勝手に作りあげた架空の人物なんだからな」

「分ってる！」

真弓は両手で耳を塞《ふさ》いだ。

「もう言わないで！」

「何故だ」

「あたしの無実は立証のしようがないのよ。殊更そんなこと言わなくても百も承知さ！」

「現実を言っただけだ。君は現実から眼をそらすつもりか？」

「これ以上、絶望したくないんだ」

「そんなに意気地がないなら、最初どうして逃げたんだ。代々木の旅館から真直ぐ警察へ降伏して出ればよかったんだ」

「あたし、もう力尽きたのよ」

「自殺でもするって言うのかい」

「この二、三日のあたしの苦しみが、あんたには分らないんだ」

「今は僕も君と同じ立場だ！」

隆二の鋭い語調が、真弓の胸に痛い程強く響いた。

《そうだ、彼は既に犯罪者とされている。それもあたしの為に――》

ハッと、真弓は耳を掩《おお》っていた手を下した。

「もっとも、僕は進んで君と同じ立場に立ったようなものだけどな」

隆二は苦笑した。

「と言って、僕も酔狂《すいきょう》でやったわけじゃないんだ。警官を蹴飛ばしたのも、やむを得ずやったんだから」

「一度訊いてみようと思っていたんだけど、どうしてあたしの為に、こんなことになっちゃったの？」

「さあ……」

隆二は天井を睨《にら》むように仰向《あおむ》いた。

「反抗だろう。真実を知ろうとしない人間に対する。不安と惰性の世の中に耐えろって言っても無理だ。見ざる聞かざる言わざるは御免なんだ。何かが欲しい。結果だけが欲しいんじゃない。自分がうち込めるものが欲しいんだ。——ただそれだけさ」

隆二はまた照れたように苦笑いした。テーブルの上にメロンが一片残っている。そのガラスの果物皿が電灯を反射して、隆二の顔を明るくしていた。

襖《ふすま》が開いて、女が顔を出した。

「あの、お車が参りました」

5

右手に黒々と神宮外苑《じんぐうがいえん》の森があった。道路だけが、だだっ広くて、そこに動くものはなかった。

ハイヤーを降りて、二人は道の端を、黒い蔭に沿って歩いた。行手に『旅館』という緑色のネオンが、暗い夜空に浮き出ている。あの旅館に泊って、夜を過せば、また明日を迎える。明日はどうなるか分らない。そう思えば、旅館に泊ること自体が空しかった。夜を過す為に旅館があるのか、旅館へ泊るから夜が過ぎるのか、とにかく旅館は絶望的な明日を約束している。

真弓の足は重かった。

旅館の入口は、クリーム色のカーテンを垂らしたガラス張りのドアであった。押し開くと、ギーッと微かに軋《きし》った。だが、ドアを半開きにしたまま、隆二はつっ立っていた。中へ入ろうとしないで、正面のカウンターにいる三人の人間と瞶《みつ》め合っている。三人の人間は男一人と女二人だった。男はカーデガンを着て、女は前掛けをしている。一目で旅館の主人と女中であることが分った。三人は電話を真中に、何かを話し合っていた様子だった。

六つの眼は、不意の侵入者を見るように、隆二に注がれていた。

真弓は隆二の肩越しに中を覗いた。いらっしゃいまし、と言わないのが不思議だった。

「満員なの、ああそう」

隆二は勝手にそう解釈したように言うと、後手に真弓を押しやりながら、ドアにかけた手を離した。ドアは反動に揺れて閉じた。

隆二は無言で真弓の手をとった。

「逃げるんだ」

真弓はドアを振り返った。誰かが追って出てくる気配はなかった。二人は素早く旅館の前を離れて、大股に歩いた。風が強かった。眼を細めた真弓の耳許で、時たまピュッと風が悲鳴を上げた。二人の乱れた靴音があたりに反響した。

「警察の手配が旅館へ回っているんだ」

隆二が歩きながら口早に言った。

「こっちがアベックだから、夜は旅館へ行くだろうって見当つけやがった」

「今の旅館で、あたし達だってことを見破ったかしら？」

「分らない。自信はないだろう。しかし警察へは、それらしい二人連れが現れたと通報するだろう」

「じゃあ、もう泊れる所はないわね」

「何処かで野宿だ。あの旅館も警察から連絡を受けたばかりだった。どうしようって相談しているところへ、僕が顔を出したんだ」

道路から、神宮外苑の中へ入り込んだ。樹蔭で身を寄せ合ったり、砂利を踏んでゆっくりと歩いている男女の影があった。二人も彼等の同類と見られて、目立つ存在ではなくなるだろう。

どの方角へ向かっているのか、歩いている二人にも分らなかった。巨大な建物の前を幾度も通り過ぎたが、それが球技場であるか体育館であるか、見定めている余裕がなかった。

「球場へ出た」

隆二が呟いた。眼前の建物が神宮球場であることは、その特異な円形で夜目にも判断出来た。

その蔭は一際暗かった。足を踏み入れるともう闇に溶け込んでいた。靴音さえ響かなければ、自分一人で歩いているようだった。

「球場の中へ入ろう」

闇の中から隆二の声がした。

「入れる？」

「任せておけ」

隆二の手が、真弓の腕を摑んだ。

柵を二回乗り越えた。階段を一度上って、今度は細い階段を下りた。つき当りにドアがあった。隆二はノブに手をかけて両足を踏ん張った。ドアを持ち上げているらしかった。ギシッと音がした。ドアが開くと、カビ臭い通路が続いていた。長い通路を手探りで進んだ。厚い闇の中で、野獣の息遣いのような二人の呼吸が乱れた。

再び細い階段へ出た。真弓は地底をさまよっているような気がした。その階段は間もなく広い階段へ通じた。

夜空が見えたと思った時は、内野席の通路へ出ていた。

二人は息を整えて、球場の全景を見下した。

「誰もいないわ」

「生きているものは虫一匹もいないさ」

しばらく使用してないグランドには白線の跡もなく、黒い海のように茫々《ぼうぼう》と拡がっている。無人のスタンドは、埃も立たずに、何万年もこうしている遺跡のようであった。

「いちばん上まで上ろう」

隆二は、スタンドを仰いで言った。

上へ行くにつれて、風が強くなり、星が光を増した。

「伴幸太郎を殺した犯人が、森川をも殺したという裏付けが一つだけあるんだ」

腰を下した隆二が早速、そう言った。

「それはあの、河口湖からの切符と伴幸太郎の名刺だ」

真弓には合槌《あいづち》をうつ気力がなかった。もうどうでもいいような気がして、ぼんやりグランドを見下していた。自分のものではないように、頭が空っぽであった。

「あれは森川の所持品じゃなかったんだ。伴幸太郎に接近して名刺まで貰い、彼を殺してからも河口湖周辺にいて、十月三十一日に森川を殺す為に東京へ帰って来た男のものだ」

隆二は煙草の空箱を投げ捨てた。箱は弧を描いて、吸い込まれるように闇に消えた。

真弓が隆二の腕を抑えた。

パトカーのサイレンが聞こえる。二人は聞き耳を立てた。それは徐々に大きくなって、球場の前を疾風のように通り過ぎた。谺《こだま》が消えるようにサイレンは遠ざかって行った。

軀中の力が抜けた。真弓は隆二の膝に俯伏《うつぶ》した。隆二がその背中を柔かくさすった。

「ねえ！」

真弓が仰向いた。

「あたしを滅茶苦茶にして！」

「自棄《やけ》になるなよ」

「自棄じゃない！　今夜が最後になるような気がするの。せめて、せめて今夜だけは人間らしく、泣いたり笑ったりしたいのよ」

「まだ、考えなくちゃあならないことが沢山あるぜ」

「厭、厭！　もうみんな忘れたい、忘れさして！」

真弓は隆二に武者振りついた。彼女は積極的に求めていた。僅かに残った最後の自由の時を、真弓は何かに燃えていたかった。事の終りを予期した人間の貪婪《どんらん》な欲求であった。

真弓は自分から彼の頸に腕を回して唇を押しつけた。隆二の力が足りなかった。不満が彼女を身悶《みもだ》えさせた。

やがて、男の腕に熱が加わった。

《これでもう、明日、長かった潜行に終止符をうってもいい……》

女の満足がそう囁いた。

星空の下、二人は動物的な燃焼を続けた。

第五章　結婚って何さ

1

青い空が眼にしみる。夜明けにくらべると風は暖かった。鰯雲《いわしぐも》がゆるゆると動いている。

真弓は軀を起した。コンクリートの上に寝たせいだろう、肩と腰がミシミシするように痛んだ。

二階席のいちばん端に佇《たたず》んでいる隆二の後姿が、焦点のように見えた。真弓は通路に敷いたスプリングコートの汚れをはたいて、肩から引っ掛けた。席の間を足許を気にしながら歩いてみると、隆二のいる場所までは大分あった。彼は球場の外を見ていた。真弓が近づくと彼は物憂く振り向いた。瘦《こ》けた頰に無精髭が目立った。

「お目覚めか」

彼は無表情で言った。

「あんたが起きた時から、目は覚めていたのよ」

真弓は視線をそらした。昨夜からの乱れた自分を思い出すと、隆二の顔が眩《まぶ》しかった。

「何を一人で考えていたの？」

彼の背中に声をかけた。髪の毛をなびかせた黒いトレンチコートの後姿は、フランス映画に出てくる虚無的な殺し屋を思わせた。

「かっぱらいさ」

隆二は球場の外を向いたまま答えた。

「何だって？」

「もう一度、港郵便局の尾形という男に逢いに行きたいんだ。その為の足が欲しい」

「足？」

「もう、その辺を歩いちゃあおれないよ。手配が厳重だ。ここから脱出するにも車がなければ――」

隆二はここで、ハッとしたように身をのり出した。両手がコンクリート壁に喰い込んだ。

「カモだ。行こう！」

向きなおってそう叫ぶと、隆二は身を翻《ひるがえ》して走り出した。スタンドの狭い階段を、機関銃のように小刻《こきざ》みに駈けおりる。真弓はハイヒールを両手に持って、後を追った。

球場を飛び出すと、正面の道路にサンダーバードが停まっていた。

「一時間待って見つけたカモだ。逃がすものか」

隆二はせわしく周囲に眼を配った。

「車の持主は？」

「あっちの木蔭の方へ歩いて行った。外人と日本の女だ。鍵《かぎ》をかけた様子がなかったからすぐ戻ってくるだろう」

真弓は靴をはいた。小腰をかがめて、摺《す》り足で車へ近づく。隆二がドアを開いた。二人はシートへ雪崩《なだ》れ込む。外国煙草の匂いと強い香水の香りが鼻をついた。

「外車の運転は初めてだけど、何とかなるだろう」

サンダーバードは音もなく地面を滑った。

「飛ばすぜ！」

隆二が言った。

スピードが腰を浮かせるように加わった。青い眼のマスコット人形がフロントガラスで揺れ始めた。

「これでまた犯罪を一つ重ねたわけだ」

隆二は自嘲的に笑った。

真弓は不思議に冷静だった。昨夜を境に悟ってしまったような気持だった。何もかもやり尽くしたし、これで警察の手におちても仕方がないという観念かも知れなかった。この車を奪ったことも、大して心の均衡を乱さなかった。

「尾形っていう人に逢ってどうするの?」

シートにモヘヤのカーデガンが置いてあった。外人と一緒にいたという日本女の持ち物であろう。真弓はそれを手にして訊いた。

「昨夜一晩考えた。早苗達が森川を殺す動機は結局一つきりない」

鋪装したての道路だった。タイヤがピチピチ音を立てている。コールタールが乾ききってないのだ。それがキラリと鋭く光って、充血した隆二の眼に痛そうであった。

「君の言う通り、共犯者との間に交された秘密の通信内容を森川に知られたことだ。しかし、ここに問題が一つあるんだ」

「何?」

「どうして森川が、そんな手紙の内容を知ったのかだ。郵便配達が他人の手紙を盗み見るなんてことはないはずだ」

「そうか——」

「それをこれから訊きに行くんだ」

サンダーバードは悠然と、車の列を縫って走った。これが奪った車であることは、真弓自身にも、信じられない嘘のようであった。また誰も、盗難車と思ってはいないであろう。サンダーバードをチラッと見る人の眼も、無表情なそれだった。

「後の座席へ移ってるんだ」

港局の前で車を停めた隆二は、そう言い残して出て行った。

真弓は後の座席へ移った。窓の外を見ると赤や黄色のゴム風船を持った人の姿が目立った。近所に大売り出しをしている店があるらしかった。

今頃、神宮外苑で外人が車の盗難に気づいただろう。一一〇番に連絡が行って、間もなく探索が始まるに違いない。真弓は気にすまいと思いながら、やはり落着かなかった。

隆二が尾形を連れて戻って来た。

「仕事中なんです。困りますよ」

尾形は戸惑って、隆二の手を払いのけた。

「ほんの十分ですから、お願いします」

隆二がドアを開いて、尾形を無理に車の中へ押し込んだ。

「あなたも強引ですね」

尾形はムッとしたらしいが、それでも渋々助手席におさまった。彼はここで初めて真弓に気がついた。真弓は目礼した。尾形は呆気《あっけ》にとられて、真弓と隆二を交互に見た。

「何処へ行くんです！」

車が走り出すと、尾形が怒鳴った。

「話が終れば、局の前までお送りします」

隆二は静かに答えた。

「何を話せと言うんです？」

「郵便配達が、手紙の内容を読み取るってことがありますか？」

「そんなこと絶対にしませんよ」

尾形は腹立たしげに横を向いた。強制的に連れ出された上に、自分の職業の権威を傷つけられたことが、この真面目《まじめ》な青年を怒らせたのであろう。

「法律で禁じられているのでしょうね」

「郵便法八条で、郵便物の検閲はこれをしてはならない、とはっきり規定してます」

「やっぱり専門家だ。そういう規定には詳しいんですね？」

隆二のこの言葉に、職務熱心な尾形は幾分機嫌をなおしたと見えた。

「郵便法の九条では、秘密の確保を命じていますよ。郵政省の取扱い中に係《かか》る信書の秘密を侵してはならないってね。つまり、郵便の業務に従事する者は、在職中は勿論《もちろん》、退職してからも、郵便物に関して知り得た他人の秘密を守らなければならないのです」

「その秘密が犯罪に関係した為に、警察から証言を求められた場合は別でしょう？」

「いや、僕達にはその義務はないですよ。司法警察官の問い合わせに応ずるのも、第九条に違反する、という判例がありますよ」

「それは本当ですか？」

「一般の人には案外知られてないようですけど、手紙の秘密の確保はそのくらい重く見られているんですよ」

　すると森川は、どうして共犯者から早苗へ送られた手紙を読んだのだろう。

　たとえ郵便物の検閲は禁止されていても、中には読んでみたいと好奇心をそそる手紙があって、何げなく眼を通してしまうこともあるだろう。しかし、それは葉書の場合であり、封書の封を切るとなると犯罪である。犯罪を犯してまで、森川が封書の中身を見たとは考えられない。共犯者が早苗へ送った手紙は、秘密を保つ為に封書であったはずである。

　そしてまた、早苗は森川が手紙の中身を見たということを何故知ったのだろうか。

「郵便局員が、手紙の内容を読むということは絶対にありませんか？」

「ないです」

「例外は？」

「ありません」

尾形は断言した。だが、ちょっと間をおいて附け加えた。

「職務上の特例はあります」

「どんな場合です？」

「郵便物の事故の場合です。僕は集配課の内務員で事故係にいますが、たまに郵便物の中身を調べることがあります。そうです、読むのではなく調べるのです」

「事故というのは？」

「つまり、還付《かんぷ》不能の郵便物ですね。郵便法の五十四条に基いて、集配郵便局郵便取扱規程でその手続きが決められています」

「もう少し具体的に説明してくれませんか」

「郵便法五十四条にはこうあります——」

尾形は眼を閉じて、諳誦《あんしょう》するような顔つきをした。

「差出人に還付すべき郵便物で、差出人不明その他の事由により還付することが出来ないものは、郵政大臣の指定する地方郵政局又は郵便局において、これを開くことが出来る……手紙の中身や文面から、送達の方法がないかどうか、手がかりを見つけるわけなんです」

「還付不能の郵便物っていうのは、どんなものがありますか」

「種々雑多ですよ。宛名も自分の住所も全然書いてないという、そそっかしいのもあります。それから汚れてしまったりして、宛名も差出人の字も判読出来ないのや、宛名に該当する人がいなくて、差出人はただ○○子よりとか○○吉拝とかなっているのがあります」

「そういう郵便物を、あなた方はどう処理するんです？」

「封かんした郵便物や小包は、事故係の責任者が立会いの上で開いて、中身に受取人か差出人が分る手がかりがないか調べるのです。そして、還付不能郵便物処理原簿というものを作ります。これの様式は適宜ですが、とにかく処理の状況を詳しく記載するわけです」

「その手がかりがあった場合は？」

「封かん紙で再封して、差出人不明その他の理由の為郵便法第五十四条第一項の規定により開封しましたということを書いた符箋を貼りつけて、それを判明した受取人のところへ届けるわけです」

「すると――」

隆二の眼つきが鋭くなった。焦点を摑んだ緊張感が表情に漲《みなぎ》った。

「受取人は、その手紙が開封されて読まれたものだと分ることになりますね」

「ええ。配達人に質問する人もあるらしいですよ」

「最近、森川君の受持ち区域内で、そういう郵便物はありませんでしたか？」

「ええと……」

尾形は腕を組んだ。緊迫したような沈黙が続いた。真弓も後の座席から乗り出していた。

尾形の眼がチラッと動いた。

「ありましたね」

「いつ頃です？」

「確か、十月二十二日でしたか。その事故の郵便物がコケシ人形だったものですから、記憶にはっきり残っています」

「コケシ人形？」

「そうです。我々の符丁では『雑』と呼んでますが、小さなコケシ人形で、首をねじって取ると中が空洞になっていて、ここへ細く巻いた通信文の紙を入れるという、あのコケシ人形郵便でした」

「それは、どういう事故だったんです？」

「コケシの首に針金で小さな荷札がついてくるのが普通ですが、この荷札がちぎれて失くなっていたのですよ。これでは受取人も差出人も分らない。地方からの郵便物は、差出人がポストへ入れた場所の受持局が集めて、一度中央郵便局を経由してから受取人住所の受持局へ送られてくるのですから、このコケシがうちの局へ来たからにはうちの局の管轄内に受取人がいるはずなのです。それでは調べようということになって中身を見ました。すると手紙の方の最後に、受取人と差出人の名前が書いてあったのですよ。○○様、○○拝、というやつですね」

「その○○様が、森川君の配達区域内の人だったのですね？」

「姓名だけですからね、分ったのは。だから外務員の諸君に訊ねてみたんです。そうしたら、その人は幸いにも日頃から郵便物の多い弁護士の奥さんだったので、森川さんが、自分の受持ちだとすぐ分ったんです」

「伴早苗という人でしょう？」

隆二が、バックミラーの中で真弓に頷きながら言った。

尾形は、ドア寄りに身を引いて隆二と真弓に素早く眼を動かした。

「あなた達は一体誰なんです！　何故そんなことを知っているんです？」

隆二はその質問を無視した。彼は前方を瞶《みつ》めたまま訊いた。

「その差出人の名前は分りませんか？」

「そこまで憶えてはいませんよ」

「局に控えてはあるんでしょう?」

「あなた達に教える義務はない」

尾形は素気《そっけ》なく拒《こば》んだ。彼は法律に忠実な公務員らしかった。貝のように口を噤《つぐ》んでしまったら容易に話には応じないであろう。隆二の口許に焦燥が浮かんだ。

「ではこれだけは教えて下さい。あなたは今、手紙の方に名前が書いてあったと言われた。すると、コケシ人形の中には手紙の他に何かが入っていたのですね? それは何だったんです?」

「写真ですよ」

尾形はそっぽを向いて答えた。表情には不快の色が露骨に出ていた。

「写真?」

「三十前後の女の人の写真ですよ」

車は麻布山を一回りして、再び六本木に来ていた。前方に港郵便局の銀杏の木が見え始めた。

「さあ、もう帰して下さい。これ以上拘束されるなら、僕にも考えがある」

尾形は険《けわ》しい眼つきで言って、ドアに手をかけた。返答次第では車の外へ飛び出すという身構えだった。

「局の前まで送ります」

隆二が諦めたように頷いた。

この時、何かに思い当った様子で、尾形が真弓を振り返った。そしてその眼は、隆二の横顔に反転した。

「あなたは――」

恐怖が尾形の眼にあった。それは狼狽に変って、みるみるうちに顔色から赤味が消えた。

「森川殺しの犯人だな！」

隆二は車を停めた。港局の五十メートルばかり手前だった。

「降りて下さい」

隆二が命令の口調で言った。

尾形は後手でドアを開いた。後ずさるように車の外へ出ると、港局へ向かって一目散に駈け出した。

その後姿がまだ数メートルも離れないうちに、隆二は車をUターンさせた。再びサンダーバードは全速で走った。

途中、隆二は本屋の前で車を停めて、列車時刻表を買い込んだ。

「分ったかい？」

隆二は霞町《かすみちょう》に向かって車を走らせながら、バックミラーの中で真弓に訊いた。

「何が？」

「コケシ人形の中身の写真だ」

「三十前後の女の人の写真って……早苗自身のかしら」

「違うさ。それなら他人に見られても恐れる必要はない」

「じゃあ誰の写真さ」

「僕の姉のだよ」

「え？」

「手紙にはきっと、僕の姉の特徴、恐らく瘭疽《ひょうそ》で左手の薬指三分の一が切断されていることや、スプリングコートの型と色なんかが書いてあって、この女だ、よろしく頼む、伴早苗殿、矢ノ倉文彦拝、とあったのだろう」

「それじゃあ……」

「伴幸太郎とか早苗だとかいう名前は聞いたこともなかったから、姉の死と切り離して考えていたんだ。考えてみれば、早苗の夫伴幸太郎は河口湖附近で変死した。その河口湖には矢ノ倉文彦がいた。矢ノ倉の妻、涼子は東京を離れて間もなく変死した。東京には早苗がいた。これは同じ十月二十三日夜の出来事だった——こんな重大な暗合を棚上げにしていたのさ」

車は天現寺《てんげんじ》に近い小さな公園の前で、ゆるやかに停まった。外国大使館がある為に、道は立派に鋪装されてあったが、通行人のない坂道が眠っているようにひっそりと続いていた。

河口湖　　　　　　東　京
矢ノ倉文彦←─夫　婦─→矢ノ倉涼子
　　←殺　す　　　　→殺　す
伴　幸太郎←─夫　婦─→伴　早苗

このような図を脳裡に描いて、真弓は唖然《あぜん》としていた。二組の夫婦がこんな形で結びつけられるのが、男女の結合とは隔《へだた》りがあり過ぎる、滑稽な人間模様に感じられた。

「二組の夫婦が互いに相手の旦那と奥さんを殺したってわけ？」

「そうだ」

「でも可笑《おか》しいな。矢ノ倉文彦と早苗が密通していて、お互いの夫や妻が邪魔だというので殺したのなら分るけど、何の関係もない矢ノ倉と早苗が、どうしてそんな共謀をしたのかな」

「だから、冷酷な計画犯罪と考えなくてはならないんだ」

「何故そんな殺人を交換するようなことをしたんだろう」

「早苗には伴幸太郎を殺す動機がある。矢ノ倉にも姉を殺す動機があった。動機がはっきりしている以上、伴幸太郎が変死すれば早苗、姉が変死すれば矢ノ倉が、真先に疑われる。その疑惑をそらす為には、完璧なアリバイが必要だった――」

早苗と涼子、伴幸太郎と矢ノ倉は、それぞれ未知の人間同士である。行きずりの他人を動機もなく殺すとは、狂人でない限りあり得ない。犯行の現場さえ目撃されなければ、早苗が涼子を列車から突き落し、矢ノ倉が伴幸太郎を西湖へ突き落した、と推測されることは絶対にないと言ってよかった。

そして、早苗と矢ノ倉のアリバイは成立するのである。東京と河口湖という約百二十キロ離れた地点で、互いに指名した人間を殺し合う。人間一人殺す恐怖、労力、そして結果は、相手がAであろうとBであろうと同じである。むしろ、自分の夫や妻を殺すよりも、全く赤の他人を殺す方が、罪の意識も薄く、気分的には楽であるかも知れない。しかも、早苗と矢ノ倉は殺人行為に対する代償を公平に与え合ったのであり、同時にお互いの邪魔者が消えたという報酬を得たのである。

隆二は買ったばかりの列車時刻表を開いて、真弓の眼の前に示した。

「早苗があの夜、七時から十一時まで何処で何をしたのか、そしてそれを何故隠したのかも分ったよ」

　隆二は、中央本線のページに指先を這わせながら言った。間もなく、彼の指先がピタリととまった。

「姉が乗ってくるように指定されたのは、新宿発二十時十二分甲府行四百四十七列車だ。つまり八時十二分の列車に、七時に家を出た早苗も乗り込んだわけだ。姉が突き落されたのは浅川と相模湖の間だから、早苗は相模湖で下車したに違いない。九時二十九分だ。そこで上り列車に乗り換える。上り列車は九時五十一分に松本からのが着く。それに乗れば、新宿へ十一時四分に戻って来られる」

　隆二は、どうだと言うように顔を上げた。

「早苗の秘密の空白時間にぴったり符合するわけね」

「早苗は、たとえ伴幸太郎殺しのアリバイは成立しても、この空白時間をおいそれとは明らかに出来なかったんだ。これと同じ行動不明の時間が矢ノ倉にもある。河口湖の明水館で聞き込んだんだけど、あの日の夕方、矢ノ倉は散歩に出て六時頃まで旅館へ帰って来ていなかった」

「それが、伴幸太郎の死亡時間と一致するわけか」

「もう間違いないだろう」

隆二は時刻表を手荒くシートの上へ投げ出した。真弓は公園の中を走り回っている二人の子供を眼で追った。ふと視線を隆二に戻して、釈然としない時の癖で、彼女は頰をふくらませて鼻から息を吐いた。

「早苗と矢ノ倉の関係は？」

真弓はシートにもたれて、皮肉っぽく訊いた。

「それが分らないんだ」

「早苗と矢ノ倉が知り合いだったという形跡がある？」

「ない」

「何の繫《つなが》りもない二人が、殺人の共犯者ってことはあり得ないわ」

「しかし、今度の場合、早苗と矢ノ倉が親しい仲だったら、周囲の者の眼を誤魔化すことは出来なかったぜ」

「でも、見も知らない者同士が殺人の相談なんてする？」

隆二の言う通り、早苗と矢ノ倉の間に具体的な関係があれば、この殺人交換は意味がない。たとえ、夫殺し妻殺しのアリバイは成立しても、Aの行動範囲内にBの夫が居り、Bの行動範囲内にAの妻がいて、同じ日にそれぞれの夫と妻が変死を遂げ、しかもAとBは友人または意志の疎通《そつう》を計れる間柄だったとなれば、当然その殺人交換は看破される。

これを実行する絶対条件は、早苗と矢ノ倉が世間や周囲から全く交渉のない赤の他人と見られていなければならない事である。

それは、今日までは勿論《もちろん》、今後も同じであろう。二人は一生、縁のない未知の人間で通すのだ。二人の間に何らかの交渉があったという形跡は針の先程も残すことは出来ないのである。

しかし、そんな早苗と矢ノ倉がどうして殺人の共同謀議が出来たのだろうか。通りすがりの他人をつかまえて、人殺しの相談を持ちかけるはずもない。まして、相手が自分と同じように配偶者を抹殺する必要に迫られていることを知らなければ、この謀議は出来なかったのである。

「結局、早苗と矢ノ倉は見ず知らず同士ではなかったのね」

真弓が言った。

「しかし世間はそれを知らない。見えない繋りがあったわけだ」

「どういう場合に、そういう繋りが成り立つかな」

「彼と彼女が知り合いだったのか、と人が驚くような奇縁か——」

「とすれば、昔の知り合いよ。それが偶然パッタリと顔を合わせた……」

真弓は、鳥が羽ばたきをするように立ち上った。スプリングコートのポケットから、新

聞の束を取り出して、その中から『週報・新労協』を選《よ》った。『矢ノ倉幹事長の三選確実』の囲み記事に眼を走らせて、

「やっぱり、矢ノ倉は昭和五年生れだ！」

と、真弓は中腰のまま叫んだ。

「早苗も自分は二十九歳だって言っていたから、昭和五年生れよ」

「同じ年齢《とし》か――」

「学校が同期のはずよ」

「何処の学校だ？」

真弓は思い出した。河口湖畔長浜の旅館の夜、早苗は南国生れだから寒さに弱いと言っていた。何処の生れかと真弓が尋ねると、早苗は『伊豆の下田』と答えたではないか。

そしてこの『週報・新労協』に載っている矢ノ倉の略歴には『昭和五年、静岡県下田生れ』とあるのだ。

「下田よ！」

真弓は隆二の方に身を乗り出した。

「その頃は旧制の中学と女学校だから共学じゃあなかった。とすると、小学校時代の同級生だったのよ」

「しかし、そんな昔の面影が、最近逢った二人に、互いにそれと分るくらい残っていたのかな」

「同窓会で、二、三度顔を合わしたことがあるかも知れない。それに、何処かで見た感じの人、という印象は割合に正確だし、名前から、そうだった、あの人だ、って思い出す場合も考えられるじゃないか」

真弓は隆二の肩に手をかけて、烈しくゆすった。

「同級生時代も大して親しくなかった。その後十何年って交際もしなかった。そんな二人だったら、今頃になって二人を結びつけて考える人はいないわ」

「それはそれでいい。しかし――」

と、隆二は遠くを見る眼つきをした。

「早苗と矢ノ倉が、森川を殺した動機なんだが、どうも頷《うなず》けないフシがある」

「例のコケシ郵便の中身を見られたからってはっきりしているじゃないの」

「でも、その中身を見たのは森川だけじゃない。むしろ詳しく内容を知っている人間が港郵便局に数人はいたはずだ。すると森川一人を殺してみたところで、彼等の秘密が保たれるということにはならない」

それに、コケシ郵便の内容を見られたからといっても、何かを内偵しようとしている者の眼に触れたわけではない。義務として郵便を配達する公務員である。どちらかと言えば冷淡に近い態度で業務を処理する彼等は、次の日になればコケシ郵便のことなど忘れてしまうに違いなかった。

森川にコケシ郵便の内容を見られたからというだけで、遮二無二《しゃにむに》彼を殺してしまう必要はないのだ。よしんば、犯罪者としてそのくらいの用心深さを心がけたのだとしたら、森川だけではなく、港郵便局の局員数名の口も塞がなければならなかっただろう。

「森川殺しには、もっと決定的な理由があったのじゃないかな」

隆二は考える眼をして、耳の後に手をやった。耳がアフリカ象のように横へ突き出た。

「つまり、森川に限り、早苗と矢ノ倉に致命的な打撃を与えてしまうような立場。または特に森川だけが知り得る彼等の秘密だ」

「コケシ郵便の内容は別として、森川だけが早苗と矢ノ倉の繫りを知っていたってことになるわね」

「森川だけが――というのは、どんな理由からだろう」

「森川も小学校時代の同級生だったとしたら……?」

ひょいと口にした言葉に、真弓は自分で驚いた。何気ない思いつきが、重大な一つの事実を裏書きしていることに気づいたからだった。真弓は、新宿のそば屋で読んだ新聞の

『郵便局員失踪と断定』という記事を思い出した。

「そうよ！　そうなんだ！」

真弓は叫んだ。

「新聞で見たわ。森川は早苗や矢ノ倉と同じ二十九歳よ。それに、森川の郷里である伊豆の下田方面にも手配したって記事にあったわよ」

「森川も下田の小学校で、早苗や矢ノ倉と同級生だった……」

隆二が暗然と呟《つぶや》いた。

眼前の公園で戯れる無邪気な子供達が、十数年後には互いに殺し合うかも知れない、ということを誰が否定出来よう。そんな運命の残酷な回転を思うと、明日のない人生の方が幸福のような気がした。

「森川も、まさか小学校時代の同級生に殺されるとは思ってなかっただろう」

隆二は公園の子供達に眼をやりながら言った。

「森川はコケシ郵便を配達するまで、早苗が十数年前の同級生とは知らなかったんだ。ところが、コケシ郵便の差出人の矢ノ倉文彦という名前に記憶があった。そして受取人が伴早苗だ。結婚して姓は替っているが、もしかすると小学校の同級生の中にいた雨宮早苗ではないか、と考えたのだろう。つまりコケシ人形が昔の同級生同士の間で交された郵便と思ったんだ。そこで、コケシ郵便を配達した時に、森川は早苗に、もしや雨宮君では……と尋ねたに違いない。早苗も咄嗟《とっさ》の場合で誤魔化すことが出来なかった。それを肯定してしまった。すると、矢ノ倉は元気か、彼と附き合いがあるのか、今度三人で一席設けないか、などと森川は言っただろう。こうなれば、森川は、最近早苗と矢ノ倉の間に何らかの交渉があったことを知った唯一の人物だ。早苗と矢ノ倉は森川を殺さざるを得なかった……」

隆二は吐息とともに口を噤《つぐ》んだ。言いたくないことを無理に喋らされた後のような黙り方であった。

真弓は公園の地面に眼をおとした。重なり合った落葉が音もたてずに眠っているようであった。ただ、日射しを受けている部分の落葉は、茶褐色に輝いて生きていた。

山越えの道を辿って来て、それが行きどまりであった時のように、重苦しい徒労を感じた。真相を突きとめるということは、その結果によって、ひどく虚《うつ》ろな気持にさせられる——と、真弓は思った。

2

矢ノ倉文彦と伴早苗は、思いもよらなかった奇遇に驚いた。お互いがすっかり大人になりきってしまったことを知ると、当然懐旧談に花が咲いて、やがてそれは現在の身の上話に及んだ。

そのうちに、二人は近況報告の中に同じような翳があるのを察した。口にこそ出さないが、現在の結婚生活が意にそぐわないものであり、他に情を通ずる男女がいることを、嗅ぎ取った。

二人はもともと、このまま別れれば、一生別の世界で過せる間柄である。互いに秘密をぶち撒けても、それがはね返ってくる心配はなかった。それに、同病に苦しんでいることが、二人の間に気楽さを生んだ。二人はそれぞれの秘密を告白し合った。

話してみると、意外に深刻な苦悩に喘《あえ》いでいることが分った。

告白は、何とかしようという相談に変った。矢ノ倉にも早苗にも、簡単に離婚へ通ずる道はなかった。と言って、一日も早く愛人の許《もと》へ走りたい気持を抑えることも出来そうになかった。

白だった。

《殺したら――》

と、殺意は充分持っていたが、いたずらに実行すれば容疑者として追及されることは明白だった。

二人は殺人を交換することによって、自分達のアリバイを確立する方法を考えついた。

綿密な計画が立てられた。

場所は東京と、東京から往復五時間以上はかかる地点を選ぶ必要があった。早苗は、伴幸太郎が近々、行きつけの河口湖畔長浜に滞在する予定であることを知っていたから、河口湖を第二の地点とするようにすすめた。矢ノ倉も、新労協全国大会に提出する議案書の草案作成の為に、何処か地方の旅館に引きこもる予定だった。それは矢ノ倉の意見で決まることであり、たとえ河口湖畔という場所を選んでも別に不審がられるわけがない。矢ノ倉は河口湖の明水館に逗留《とうりゅう》する事を決めた。

日時は十月二十三日の夜にした。同じ日の夜に、一度に殺人交換を実行することにしたのは、万が一にも、片方だけの殺人が行われてしまってから、残った一方が怖じけづいて心変りをしたり、また実行不可能な事態が起ってしまったような場合、お互いが同じ代償と報酬、という基盤が崩れるからである。

細かい打ち合わせをすませると、二人は別れた。永遠の別れである。道で会っても素知らぬ顔ですれ違うし、互いに死亡通知さえ受取らない赤の他人である。

早苗は、一緒に長浜へ行こうという夫の誘いを断って、東京に残った。

矢ノ倉は、河口湖畔の明水館に引きこもって、仕事に熱中していることと、夕方に必ず散歩に出る習慣とを、旅館の者に印象づけた。

伴幸太郎が長浜へ来てから、矢ノ倉は散歩をこの方面へ向けて彼に接近を計った。旅先の男二人である。口をきくようになるのは容易《たやす》いことだった。

弁護士という伴幸太郎の職業に迎合するように、矢ノ倉は、

「法律上の問題で是非御相談申し上げたいことがあるんですが」

と、話を持ちかけた。職務熱心な弁護士は快く応じた。

「しかし、誰にも聞かれたくないし、静かなところを散歩しながらお話したいのです」

矢ノ倉はそうつけ加えた。

秘密の相談事には馴れている弁護士であり、この見も知らぬ男が自分に危害を加えるとは夢にも思わなかった伴幸太郎は、その申し出を素直に承知した。

十月二十三日の夕方五時、西湖の左岸、二つ目の断崖の上で待ち合わせる約束が出来上った。

その日――。

矢ノ倉は、東京の妻涼子へ電報を打った。

「逢いたいから、今夜新宿発八時十二分の列車で、単身来るように——」

涼子が、必ず夫の指示を守る女であることを、矢ノ倉は知っていた。

夕方四時、彼は西湖へ出掛けた。バスで長浜まで行き、それから先は徒歩である。夕暮れの西湖は無人に等しかった。彼は約束の場所で弁護士を待った。伴幸太郎は定刻通りに現れた。もう闇の中であった。隙を狙って、彼は弁護士を湖の中へ突き落した。誰も見ている者はなかった。人のいない闇の西湖である。恐らく山も空も知らなかっただろう。

矢ノ倉は六時に明水館へ帰って来た。十一時になったら妻を迎えに行くと言って河口湖駅へ行き、来なかったと首をひねりながら旅館へ戻ってくればいい。そして明日は、『妻死す』の電報を待つだけであった。

一方、早苗は朝から東京の自宅で、ひっそりと過していた。一歩も家から出ようとしなかった。

夕方になったら、誰か知人を家へ招待するつもりでいたが、折よく三人の客が訪れた。早苗は夕食を御馳走して歓待した。七時頃までは引き留めておく必要があった。三人の客は早苗のアリバイを立証してくれるのである。

七時に、客を送りがてら出掛けると称して彼女は家を出た。客と別れて、早苗は新宿駅へ直行した。八時十二分発の列車に早目に乗り込んで、涼子を探さなければならなかった。雨が強く降っているのは好都合であった。デッキに人が立たないからである。

列車は発車した。何輛目かの車輛で早苗は、指示通りの型と色のスプリングコートを着て、左手薬指三分の一が切断されている女を発見した。写真と睨み合わせると、涼子であることが九分通り確認された。早苗は声をかけた。

「矢ノ倉さんの奥様ですね？」

女は頷いた。涼子である。列車は浅川を通過していた。早苗は矢ノ倉の名刺をチラつかせて言った。

「あたくし、新労協の者でございますが、あちらに席もとってございますし、ちょっとお話が……」

新労協の人間らしく夫の名刺を持っているし、同性だという安心感があった。それに、もしかすると夫の愛人に就いて何か耳に入れようとしているのかも知れない、と興味が動いた。涼子は、バッグを持って立ち上った。向こうに席があるというから、この席を確保しておく必要もなかった。

涼子は早苗に続いて、デッキへ出た。雨と風でデッキは冷えていた。車内へ通ずるドアもピッチリしまっている。勿論、デッキに人影はなかった。

列車は幾つものトンネルを出たり入ったりした。トンネルへ入ると、デッキで叫ぶ声など掻き消す轟音が列車を包んだ。早苗は涼子を思いきり突き飛ばした。列車は上り坂気味の線路を行くのであり、速力はさしてない。涼子の軀は、後部の窓の人の眼に触れるだけ宙に浮遊しないで、すぐ闇の中へ落ちる。

デッキに残っているのは危険であった。早苗は一輌後の車輌へ移った。蒼白になっている顔を隠して、列車が相模湖駅に着くのを待った。後《あと》は、相模湖で降りて、二十二分後に到着する上り列車に乗り換えればいいのである。家へ帰ったら、ああ疲れた、とコーヒーをいれさせて飲み、明日届けられるであろう『夫死す』の電報を待ち受けるだけでよかった。

しかし、ただ一つ重大な障害があった。それは森川の存在であった。

二十三日の前日に、河口湖畔にいる矢ノ倉から送られた早苗宛の郵便物を、森川が配達に来た。

受取ったコケシ人形には、『差出人不明その他の理由の為、郵便法第五十四条第一項の規定により開封しました』という符箋が貼ってあった。コケシ人形の中身は第三者の眼に触れたことが分った。しかも、手紙には早苗の名前と矢ノ倉の名前が書いてあったのだ。交互殺人に最も重大なことは、両者の間に交渉があった形跡を、針の先程も残してはならないことだった。

しかし、このコケシ人形の中身を見られたこと自体は、それ程脅威ではなかった。ただ森川だけは、何かの拍子に蟻《あり》の一穴となる恐れがあった。矢ノ倉は、勿論《もちろん》コケシ人形の荷札に宛先の早苗の住所氏名を書いただけで、自分の名前は記さなかっただろう。コケシ人形の郵便を利用したのも、いかにも女性同士に交される通信と、間に入る人に思わせたかったからだ。

だが、荷札が紛失したことによって、その配慮が仇となった。

これによって、森川は早苗が小学校の同級生であることに気がついたのである。それは同時に、矢ノ倉と早苗の繋《つなが》りを、森川に判然《はっきり》と知られてしまったことになる。早苗は、恐らく森川の口さえ塞げば秘密は確保出来ると考えた。

早苗は矢ノ倉に電話で連絡した。矢ノ倉は三十日に仕事が終る予定だったから、三十一日に帰京することにした。

三十一日。矢ノ倉は朝早く東京へ帰り、早苗の家を訪れた。たった一人のお手伝いさんには休暇を与えて、家に置かなかったし、閑静な屋敷町であったから、細心の注意をはらえば、矢ノ倉が早苗の家を訪れたことを人に知られる心配はなかった。矢ノ倉と早苗は、郵便配達にくる森川を待ち受けて、やあ懐しい、ちょっとの間でも立ち話ぐらいはして行けよ、と家の中へ連れ込み、勤務中だからと断る森川に一杯だけでもと睡眠薬入りの酒を飲ませた。間もなく軀の自由を失った森川を監禁して、脅迫しながら酒を飲ませ続けた。

二人の森川殺しは九分通り成功した。

真弓と三枝子が旅館を逃げ出したことによって、捜査の方向は狂ったし、森川が現金書留を着服して逃走したという偽装も見破られなかった。

しかし大きな手落ちがあった。

森川を装った矢ノ倉が、真弓に金を渡した時に、札の間に名刺と切符がまぎれ込んでいたことを気づかなかった、この一事である。

名刺は、河口湖畔で矢ノ倉が伴幸太郎に接近を計った時、彼から貰ったものだ。河口湖駅発行の切符は、三十一日彼が帰京した時、定期券で駅を出た為にポケットに残っていたものだった。矢ノ倉は、東横線都立大学前《とりつだいがく》から国電えびす駅までの定期券を持っているはずだし、早苗の家を訪れる時は、麻布に最も近いえびす駅で国電を降りたであろうからである。

この名刺と切符が真弓の手になかったら、真弓はいたずらに逃走を続けるだけで、犯人追及の端緒《たんしょ》さえ摑めなかったに違いない。

隆二と真弓の綜合した推定は、こうであった。

「早苗は、あたしが河口湖へ現れるかどうか、確かめるつもりで、長浜へ行ったんじゃないかな……?」

車のドアに寄りかかるように躯を傾けていた真弓が、独り言めいて呟《つぶや》いた。

「そうだ」

隆二がハンドルにのしかかるように俯伏《うつぶ》せたまま答えた。

「矢ノ倉が金と一緒に伴幸太郎の名刺と河口湖からの切符を君に渡してしまったらしい、と気がついたんだ」

「あたしが名刺と切符に気がつかないか、何も感じないで捨ててしまうようならいいけれども、もしそれを重視したら、ある行動をとるかも知れないっていう不安があったのよ」

「君達が逃亡したことを知って、これは河口湖へ行く可能性があると思ったんだろう。名刺と切符を取り返すか、最後の手段には君を殺そうと考えたかも知れないぜ」

「矢ノ倉はそうそう自由に行動出来ないから早苗が代りに河口湖へ行ったのね。早苗なら夫の霊を慰めに行くっていう立派な口実があるし……」

勿論《もちろん》早苗は、矢ノ倉から真弓の容貌について聞かされただろうし、新聞でも真弓の特徴は摑めただろう。しかし一目で真弓と判断することは出来なかったに違いない。結局、真弓らしい女と目ボシをつけたら、それとなく接近して探り出すより手がなかったのだ。だから、富士山麓電鉄の電車内で真弓の方から近づいて来たという幸運も、真弓だと確信のない早苗は充分に活用出来ずにとり逃がしてしまったのだ。

早苗はこの時はまだ、三枝子が国電にはね飛ばされて死んだことを知らなかった。恐らく二人連れの若い女に主眼をおいていただろう。それに、黒いトレンチコートを着た隆二に尾け回されているという真弓を、早苗は男と悶着を起したただの娘と見たのかも知れない。

それでも、長浜まで真弓を連れて行った早苗は、西湖へ案内して殊更伴幸太郎の死を話して聞かせて、真弓の反応を窺《うかが》った。だが、特に反応を見せなかった真弓であり、話をしてみると彼女がそれ程深味のある女でなし、単純で粗暴な小娘として、早苗に受取れたのだろう。

「一応あたしのバッグの中を調べてみたんだな」

真弓は、長浜の旅館の朝、枕許に置いたバッグの位置が変っていたことを思い出した。

しかし、真弓は定期券などの類《たぐ》いは立川でスラックスと一緒にドブ川へ捨ててしまったし、伴幸太郎の名刺と河口湖駅発行の切符を包んだハンカチは、金とともに布団の下へ押し込んでおいたから、早苗はバッグの中から何も発見することは出来なかっただろう。

「でも、早苗はどうして一日だけで諦めてしまったんだろう？」

「君達が河口湖へくるとしたら、あの日のうちに直行して来なければ――と思ったんだろう。名刺と切符に気づいた君達が、危険な東京でうろうろしてから河口湖へくるはずがないからな。くればあの日だ。河口湖で伴幸太郎について何かと尋ねる。長浜の旅館に滞在していて西湖で死んだ人だと分る。そうすれば君達は必ず長浜の旅館を訪れる――こう解釈したんだろうな」

　隆二は言い終って、ちょっと間をおいてから思い出したように附言した。

「それと、恋人と少しでも早く二人だけになりたかったのだろう」

「そもそもああいう場合に、男との逢引を兼ねるっていうのが失敗だったのよ」

「仕方がないさ。そういう甘さがあっても。早苗が殺人という最後的行動に走ったのも、それはあの男の為だったんだから」

　しばらく恋人と逢わなかった早苗の肉体は渇いていたのかも知れない。あえてあの小旅行を男との逢う瀬に利用したのは、当然と言うべきだろうか。女の計画犯罪は、こういうところから脆《もろ》くも崩れるというケースが多いのだろう。

「新労協の本部へ、警官が入り込んで来たわけも分ったよ」

　隆二がハンドルから顔を上げて言った。真弓は頷いた。

「矢ノ倉はあたしの顔を知っていた。階段の上から、マスクをはずしたあたしを見たのよ」

「一一〇番で警官を呼べば、連絡した電話が分ってしまう。もし矢ノ倉が連絡者と知れてしまえば、何故君の顔をよく憶えていたか追及されるだろう。それでは拙いから、駅前の派出所へ駈けつけて、それらしい女が新労協にいると告げて姿をくらましたのだろう。警官は悪戯《いたずら》の密告かも知れないと思って、一先ず偵察するつもりで、単身新労協へ出掛けて来たんだ」

隆二はだるそうに軀を起した。疲れ果てた様子だった。それでも気をとりなおしたように前方に眼をやると、力強くアクセルを踏んだ。

「何処へ行くの?」

「早苗の家だ。恋人との旅行から帰って来ているはずだ。尾形が警察へ連絡しただろう。一刻を争うよ」

車は坂を上り、外国大使館の前をフルスピードで通過した。右へ折れると本村町であった。煙草屋で尋ねると、伴という弁護士の家はすぐ分った。

有名なホテルの麻布別館を中心に、高い石垣で区画整理された住宅街であった。宏壮な邸宅ばかりで、白壁に赤い屋根の伴家の洋館は、瀟洒《しょうしゃ》ではあったが、いちばん貧弱に見えた。

枯れた蔓《つる》が絡まった鉄柵の門の脇に、引き抜かれた『伴幸太郎法律事務所』『民事弁護士伴幸太郎』という看板が転っていた。

車から降りた隆二と真弓は、横の通用口から門の中へ入った。

玄関のベルを押すと、軽やかなピアノの弾奏が消えて、間もなくスリッパの音が聞こえた。

「どなた様でございましょうか？」

玄関に女の影が映った。早苗の声に違いなかった。

「あたしです」

真弓はそう言って、自分から玄関のドアを開いた。

「あら！」

眼の前に、あの小ぢんまりした早苗の驚きの顔があった。恋人と一緒にいた時の彼女ではなく、例の能面のような未亡人の白い顔である。独り、恋人との旅行の余韻を味わってピアノに戯れていたのだろう早苗は、忽《たちま》ち仮面をかぶった女に変化したのだった。

「どうして、あたくしの家が分りました？」

と、早苗はドアに手をかけたままだった。しかし歓迎されないのは最初から承知の上である。

「ちょっと重大な用が出来たの」

「重大?」

表情は動かなかったが、眼に不安があった。ここで早苗は、真弓の背後にいる隆二を見やった。この人は——と言いたげに唇が微かに動いた。

「すぐそこまでだけど、来て欲しいのよ」

「何の為にです?」

早苗は、押し売りを追い払うような口調になった。

「河口湖の長浜の旅館の女中さんが来ているのよ」

咄嗟《とっさ》に出た嘘だった。だが効果は充分にあった。早苗の表情に不安が濃くなった。それでも、言葉だけは平静であった。

「何をしに来たのかしら?」

「旦那さんが死んだことに就いて、是非耳に入れたいことがあるんだって」

「そうですか……」

早苗は頷いた。真弓の言葉を信じたのかどうかは分らなかったが、夫の死に就いてということを持ち出されては、無視するわけには行かなかったのだろう。

「この恰好でよろしいかしら？」

早苗は、純白のセーターにグレイのタイトスカートという服装を示した。セーターを着ていると、痩せていると思っていた彼女の胸のあたりは程よく盛り上っている。

「構わないわ。車で迎えに来ているし」

「そうですか。じゃあちょっとだけね」

早苗は外へ出た。そして庭へ通ずるアーチの下まで行くと、

「ちょっと出掛けるけど、すぐ帰るからね」

と、声をかけた。

「はあい」

若い女の声が返って来て、竹箒《たけぼうき》を持ったエプロン姿がチラッと垣根越しに見えた。お手伝いさんに違いなかった。

車は都電の通りへ出て、えびす駅の方角へ向かった。隆二はスピードを上げた。少し無茶だと思われるくらいだった。制限速度はとっくに越えている。七十キロ近かった。

「何処まで行くんです！」

早苗は、不安を抑えきれなくなったように叫んだ。既に、真弓達が何事かを企んでいると察したらしい。車のスピードが、その不安を急速に大きくしたのだ。

後《うしろ》でサイレンが聞こえた。追跡してくるパトカーが左右にうねるように見えた。

「来たわよ！」

真弓が隆二の肩を叩いた。

「この車を追ってくるんですか？」

早苗が顔色を変えた。

「そうよ」

「停めて下さい！　あたくし降りますから」

「そうは行かないさ」

「何ですって！」

早苗の面上に、険悪な翳《みなぎ》が漲った。あの少女のような清純さが消えて、ドス黒い熱っぽさのようなものが宿った。凄まじい形相《ぎょうそう》だった。

「ふん、今度はあたしを殺そうって言うの。でももう遅いわよ」

真弓は冷笑した。

渋谷橋を過ぎた頃には、パトカーは三台に増えた、渋谷方面からも一台走ってくる。呼応するように鳴り響く四つのサイレンに、道路へ飛び出してくる人が多くなった。

国電のガードが迫って来た。ツーンとタイヤを軋《きし》らせて、サンダーバードは左へ急カーブした。眼の前にのしかかるように新労協の建物が大きくなった。真弓も早苗も眼をつぶった。

車は急ブレーキの鋭い悲鳴を上げながら、新労協の入口の階段へ突き刺さった。車ごと投げ出されたような衝撃に、真弓は前の席へ転り込んだ。

「早く！」

隆二の血だらけの顔が、真黄色になった真弓の視界に浮かび上った。真弓は残された気力をふりしぼって起き上ると、開いたドアから半分地上へのり出して倒れている早苗を引き起した。気がつくと、真弓の肩から左腕にかけて、引きちぎられたコートの間から血が噴き出ていた。

隆二と真弓は、早苗を中にはさんで、新労協の建物へ入った。車が突っ込んだ轟音に、慌てて、廊下へ出て来た人々が、呆然と三人を見送った。

三階の幹事長室で幹事会の打ち合わせをしていた四人の男は、ドアを押し破るように入って来たボロ雑巾みたいな三つの肉塊を見て総立ちとなった。

「矢ノ倉！」

眼に流れ込む血を手で拭って、隆二が吼《ほ》えた。

「貴様の共犯者を連れて来たよ！」

「何を言うの！」

早苗が真弓の腕を振り払って叫んだ。

「雨宮君――」

早苗の旧姓を呼んで、矢ノ倉が一歩進み出た。そして、かすれた声で言った。

「駄目だよ。その女は僕と一緒に結城荘へ泊った一人だ……」

早苗は、真弓を振り返った。見開いた眼がガラス玉のように動かなかった。

「やっぱり……」

その口からポツンと洩れた。口惜しさや後悔の響きはなく、もっと虚《うつ》ろな諦めの口調だった。僅かに小鼻がヒクヒクと痙攣《けいれん》しているのが醜《みにく》かった。

その頬へ、真弓の思いきった平手うちが飛んだ。

早苗は膝から崩れて、眼を見開いたまま仰向けに倒れた。

警官が六人あまり雪崩《なだ》れ込んで来た。

3

救急車の右側には隆二が、左側には真弓が横たわっていた。その間に二人の刑事がしゃがみ込んで、所在なさそうに宙を瞶《みつ》めている。

「今度いつ逢えるかな」

　隆二が言った。

「さあ……警察次第だな」

　真弓は天井を見上げて答えた。車の振動で天井が微かにゆらいでいる。

「お互いに犯罪者だもン」

「僕は、公務執行妨害と車の窃盗だな」

「あたしは、矢ノ倉から預ったお金を使い込んだんだ。あのお金が盗まれた書留のお金だって分ってからも使ったんだから……これ何ていう罪になるのかな」

「再会したら、結婚を話し合おうや」

「あんた、それ本気?」

　真弓は隆二の横顔を見た。

「本気さ」

「へえ……。折角だけど、あたしは結婚なんて考えたくないや」

「どうして?」

「好きだったら、別に結婚なんてことしなくても、満足出来るもン。男が、その女の軀が欲しいということを結婚って言葉で表現するうちは、それから女が結婚という条件がなければ男に抱かれるのを避けるうちは、結婚に真実なんかないさ。妥協や便宜で結婚したくせに、別れるとなると相手を殺さなければならないなんて……。あたし、あんたが欲しくなったら、逢いに行く。それでいいじゃないの」

二人の刑事が顔を見合わせて苦笑した。

真弓は喋りながら、泣けて泣けて仕方がなかった。何故涙が溢れ出るのか、真弓自身にも分らなかった。泣きたくなる要素が沢山あり過ぎるのかも知れなかった。

「結婚って何さ……」

泣きながら真弓は小さく呟いた。

四人が死に、四人の犯罪者が出来た。これはみんな、一体何の為だったのだろうか——。

救急車は白昼の街を、サイレンを鳴らして走った。

Closing

有栖川有栖

※本編を読了後にお読みください。

走りながら推理する、逃げ回りながら謎を解くドライヴ感。プロットとしっかり組み合わさったトリック。〈新人作家・笹沢左保〉は、このように書けば新しい本格ミステリになる、という手応えを得たのではないだろうか。読者が退屈する場面は一つもない。

いわゆる〈適齢期〉になっても未婚の男女には「いつ結婚するの？」と訊《き》くのが挨拶《あいさつ》代わりだった時代に、結婚ありきの生き方を否定するロックな真弓（途中から隆二というパートナーを得るが）の奮闘ぶりは、当時も今も広汎《こうはん》な読者にその魅力をアピールすると思われる。一方、ブラウン神父シリーズでお馴染みのチェスタートンの名前がひょっこり出てきたりして、ミステリの熱心なファンなら、思わずにやりとしそうである。

Introductionでご紹介したインタビューは、「軽いタッチで――」の後、「トリックは〝交換殺人はあまり例がない〟というのを江戸川乱歩著〝幻影城〟で読んで、書いてみました」と続いていた。一九六七年に文華新書から再刊された際の〈著者のことば〉にも、同じ意味のコメントがある。

『幻影城』は乱歩による評論集で、ミステリファン必携《ひっけい》の書。笹沢は当然のごとく精読していたのだろう。トリックの分類・解説である「類別トリック集成」が収録されているのは、正確に言うと『続・幻影城』である。なるほど、参照してみると交換殺人の作例は一つしか挙がっていない。

交換殺人をトリックに用いることを未読のファンには明かさない方がいいのではないか、とも思うが、作者は気にしていない。むしろ、交換殺人が作中で行なわれたことを承知した上で読んでもらいたがっているかのようである。

交換殺人は、パトリシア・ハイスミスの『見知らぬ乗客』（一九五〇年）で初めて描かれ、ヒッチコックの映画化作品（脚本家の一人はレイモンド・チャンドラー）によって広く知られるようになったアイディアだ。いくつもの後継作品を生み続けており、「交換殺人を企んでいる者がいて――」という始まり方をし、犯人たちの企みの行方を読者・観客はじっと見守る場合が多いから、作者はそれが出てくることをオープンにするのに抵抗がなかったようである。事前に伝えていても読者は翻弄《ほんろう》される、という自負もあったのか。

笹沢は、その後『霧の晩餐《ばんさん》―四重交換殺人事件（別題・殺意の雨宿り）』『薄氷の沼』などでも交換殺人を扱っているが、常に作中で交換殺人が計画されたり実行されたりすることを隠さない。それでいて毎回違う形で読者の意表を突いてくるのだから恐るべし。

交換殺人はもとより非現実的な犯罪で、いくつものネックがある。信頼できる相手をどこでどうやって見つけるのか、どうすれば相手の裏切りを防げるか、どんな手順で実行するのが合理的か等々。そんな難所を乗り越える手段が見つかったら、このストーリーテラーにすれば勝負に勝ったのも同然だったのかもしれない。

密室の謎について。処理の仕方がいかにも本格ミステリ的で、無理はあるのだけど「そういう時と場所ならばあり得たか」と思わせてくれるし、密室について読者にあまり考えさせないというのも優れた技巧《ぎこう》と言える。アリバイの謎よりもこちらにより強く〈やられた感〉を覚えた読者もいそうだ。

デビュー直後の作品だけあって、郵政省保険局に勤務し、労働組合の執行《しっこう》委員でもあったという作者の前職が活かされているのも興味深い。郵便法第五十四条なんてものがこんなふうにミステリで使われるとは。

「コケシ郵便なんていうものがあったのか」と驚いた読者がいるかもしれないが、私もこの作品で初めて存在を知った。切手を貼って暑中見舞いとして送れる団扇《うちわ》といったアイディア商品は見たことがあるが。瓢箪《ひょうたん》から駒ならぬコケシから手掛かり。

この作品は2001年6月刊光文社文庫を底本としました。

本作品はフィクションであり実在の個人・団体などとは一切関係がありません。

なお、本作品中に今日では好ましくない表現がありますが、著者が故人であること、および作品の時代背景を考慮し、そのままといたしました。なにとぞご理解のほど、お願い申し上げます。

（編集部）

徳間文庫

有栖川有栖選 必読! Selection 8

結婚《けっこん》って何《なに》さ

2022年12月15日 初刷

著者 笹《ささ》沢《ざわ》左《さ》保《ほ》

発行者 小宮英行

発行所 株式会社 徳間書店

東京都品川区上大崎三―一―一 〒141―8202
目黒セントラルスクエア

電話 編集〇三(五四〇三)四三四九
販売〇四九(二九三)五五二一

振替 〇〇一四〇―〇―四四三九二

印刷
製本 大日本印刷株式会社

ISBN978-4-19-894805-4 (乱丁、落丁本はお取りかえいたします)

トクマの特選！ 好評既刊

山田正紀

山田正紀・超絶ミステリコレクション#5

囮捜査官 北見志穂4

芝公園連続放火

芝公園周辺で頻発《ひんぱつ》する高級外車の放火事件。深夜の邀撃《ようげき》捜査の現場、停電の６分間の闇を突いて、剃毛《ていもう》され日焼け止めクリームを全身に塗られた女性の全裸死体、そして被害者のミニチュアのように添えられたユカちゃん人形が発見された。大胆不敵な殺人死体遺棄事件。人形連続殺人に隠されていたのは過ぎし日々——高度経済成長社会が生んだ哀しい歪《いびつ》な構図だった。昭和への哀切な鎮魂曲《レクイエム》。

トクマの特選！　好評既刊

笹沢左保
有栖川有栖選　必読！ Selection1
招かれざる客

裏切り者を消せ！——組合を崩壊に追い込んだスパイとさらにその恋人に誤認された女性が相次いで殺され、事件は容疑者の事故死で幕を閉じる。納得の行かない結末に、倉田警部補は単独捜査に乗り出すが……。アリバイ崩し、密室、暗号とミステリの醍醐味《だいごみ》をぎっしり詰め込んだ、著者渾身のデビュー作。虚無《きょむ》と生きる悲しさに満ちたラストに魂が震える。

トクマの特選！ 好評既刊

笹沢左保
有栖川有栖選　必読！ Selection2
空白の起点

通過する急行列車の窓から父親の転落死を目撃した小《こ》梶《かじ》鮎《あゆ》子《こ》。被害者に多額の保険金が掛けられていたことから、保険調査員・新《にっ》田《た》純《じゅん》一《いち》は、詐《さ》取《しゅ》目的の殺人を疑う。鉄壁のアリバイ崩しに挑む彼をあざ笑うように第二の死が……。ヒット作・木枯し紋次郎を彷《ほう》彿《ふつ》させるダークな主人公のキャラクター造形と、大胆極まりない空前絶後のトリック。笹沢ミステリの真髄。